stark

Rebellinnen von heute

KATHRIN KÖLLER
ANUSCH THIELBEER

stark

Rebellinnen von heute

Gabriel

Nur, damit das schon mal klar ist: Franca und Nadjeschda und all die anderen Mädchen und Frauen in diesem Buch haben nicht schon mit 13 ein neues Medikament gegen eine schwere Krankheit oder einen bislang verborgenen Planeten entdeckt. Sie sind weder reich noch berühmt. Sie haben keine Schulklassen übersprungen und sind auch keine Superheldinnen.

Sie sind ganz normale Mädchen zwischen 12 und 20. Sie gehen noch zur Schule oder haben sie gerade abgeschlossen. Sie wohnen alleine, in Klein-, Groß- oder Patchwork-Familien, eine sogar zu sechst in zwei Zimmern, manche haben getrennte Eltern, andere nicht; sie leben bei ihren Müttern oder in einer WG mit ihrem Freund.

Vieles von dem, womit Lotte, Tiara und Zofia konfrontiert sind, kennt ihr auch. Ihr wisst, was es für Rabea heißt, wenn sie in einer großen Gruppe jemand gegen die anderen zu verteidigen versucht. Bestimmt kennen manche von euch auch haargenau die ausgrenzenden Sprüche, die Suzan immer wieder um die Ohren geknallt werden. Und wir alle haben schon Maries Selbstzweifel erlebt, ob man als Frau denn wirklich so »bestimmerisch« sein darf.

Ihr begegnet – nicht nur, aber eben doch oft – Erwachsenen, die mit veralteten Weltbildern, Sarkasmus und Abwehr auf die vielfältigen Herausforderungen einer globalisierten Welt reagieren. Gleichzeitig hinterlassen sie einen ziemlich ruinierten Planeten und jede Menge ungelöste Probleme.

Was die 13 Rebellinnen ausmacht, ist ihr Mut, das ihnen in den Weg Geworfene anzugehen und an sich selbst zu glauben. Um es mit Noas Worten zu formulieren: »Du musst dann halt irgendwie zu dem Punkt kommen, wo du das Gefühl, dass du nichts zu sagen hast, loswirst. Ich glaub ja, man muss lernen, dass man ein Recht darauf hat, sein Leben so zu leben, wie man es will, auch wenn's nicht irgendwelchen Normen oder Schubladen entspricht und Leute dich dafür kritisieren.«

Alle 13 Mädchen, die wir euch hier vorstellen, haben ihre eigenen, höchst persönlichen Baustellen. Aber auffällig war, dass Umwelt- und Klimaschutz für alle existenzielle Themen sind, die sie in Bezug zu ihrem eigenen Leben setzen. Julian Hayley hat beschlossen, dass Urlaub für sie kein Grund ist, sich in ein Flugzeug zu setzen; zwei Drittel der Mädchen leben bewusst vegetarisch oder vegan; viele engagieren sich bei *Fridays for Future*. Allen ist klar, dass ihre Zukunft und die Zukunft des Planeten zusammenhängen: Taraneh würde eigentlich gerne Psychotherapeutin werden, aber sie glaubt, dass es im Moment wichtiger ist, in die Politik zu gehen und dafür zu kämpfen, dass man auf dieser Erde noch leben kann. Yamuna engagiert sich gegen rechte Gewalt und für eine Welt, in der sich alle Menschen sicher fühlen können. Noa fasst es stellvertretend für die anderen zusammen: »Was auch immer ich machen werde, meine Arbeit muss Sinn machen. Für die Menschen und die Welt, in der wir leben.«

Kathrin Köller & Anusch Thielbeer

Ich versteh nicht,
wieso man nicht einfach
nur Mensch sein kann.

Franca & Taraneh

DIE UNANGEPASSTEN

Der Legende nach begann alles mit einem blutigen Fingerbiss, als die beiden mit zwei Jahren darum kämpften, wer alleine auf dem Krabbelgruppen-Klavier spielen durfte. Aber das ist umstritten. Weniger strittig ist, dass Franca und Taraneh seit neun Jahren eng miteinander befreundet sind.

In der dritten Klasse lernten sie zusammen alle Harry Potter-Zaubersprüche auswendig, umwickelten ihre Malkasten-Pinsel mit Kabelbindern und kämpften sich durch ein Hogwarts-Fernstudium. Mit zehn setzten sie Hermines Zaubersprüche auch schon mal gegen Twilight-Vampire und andere Blutsauger ein. Je älter sie wurden, desto mehr Geschichten integrierten Franca und Taraneh in ihr Rollenspiel-Universum. Mit 15 erfasste sie beide eine gemeinsame Leidenschaft für Sherlock-Darsteller Benedict Cumberbatch. Heute, mit 16, arbeiten die beiden Berliner Schülerinnen gemeinsam an ihrem ersten Young Adult-Roman.

Franca und Taraneh haben auch schon andere Freundschaften erlebt. »Aber die waren nicht echt«, weiß Taraneh heute und erinnert Franca an Lucy und Sophie aus der vierten Klasse. »Eigentlich haben die dich ausgenutzt. Du hast sie getröstet, aber wenn du mal geweint hast, waren die nie da. Das war nicht so cool.«
»Na ja, kann sein«, sagt Franca leise. »Meistens habe ich wegen denen geweint.«
Auch Taraneh hat so ihre Erfahrungen mit falschen Freunden. Da war Holly, für die sie immer Schmiere stehen musste, wenn sie zum verbo-

tenen Kiosk über die Straße gerannt ist. Einmal wurde Taraneh von der Klassenlehrerin erwischt. Taraneh hat Holly nicht verraten und musste das Donnerwetter über sich ergehen lassen. Holly stand am Rand und popelte. Seitdem wissen Franca und Taraneh, was echte Freund*innen ausmacht: »Die popeln nicht in der Nase, wenn die andere gegrillt wird. Die stellen sich neben dich und sagen: Ich war auch dabei.«

Als sich Franca und Taraneh vor ungefähr einem Jahr die Haare kurz schneiden ließen, hatten sie keine Ahnung, dass sie anscheinend etwas Revolutionäres gemacht hatten. Immer und immer wieder wurden sie gefragt, wieso sie das gemacht haben.

»Ja, weil ich wollte«, sagt Taraneh. »Ich frag ja auch nicht, wieso andere ihre Haare lang tragen«, ergänzt Franca und erzählt von Klassenkameradinnen, die richtiggehend verstört waren. Und es nervt sie beide, dass sie sofort das Label »lesbisch« aufgeklebt bekommen.

»Davor, mit langen Haaren, wurde ich NIE zu meiner Sexualität gefragt. Nachdem ich kurze Haare hatte, kam das dauernd«, erzählt Taraneh aufgebracht. Überhaupt wünscht sie sich, dass die Leute aufhören würden, andere sofort in Schubladen zu packen.

»Dieses Schubladendenken, das schafft so viele Probleme, für Mädchen, für Jungen, für alle«, wissen die beiden. Die Rollenbilder, die in Gesellschaft und Schule verbreitet werden, die stimmen nur für ganz wenige. Bei allen anderen verursachen sie Identitätszweifel. Man fragt sich, bin ich seltsam? Warum bin ich nicht so wie die anderen? Deswegen teilen die beiden Freundinnen ein Lebensmotto, das sie am liebsten laut in die Welt hinausposaunen würden: »Lass dir nie von irgendjemandem erzählen, wer du bist oder wer du zu sein hast.«

Weil, wenn ich das blöd finde,
dann mach ich das auch nicht. Taraneh

Natürlich machen die beiden nicht alles gleich. Taraneh war lange Zeit Vegetarierin. Inzwischen lebt sie vegan. Franca isst manchmal Fleisch. Aber bei Feiern erinnert sie daran, dass auch was Veganes für Taraneh besorgt wird. Dann kommt von den anderen immer großes Stöhnen. Eigentlich weiß Franca gar nicht, wieso.

»Ist doch nichts Schlimmes.« Taraneh kennt das schon. Irgendwas scheint die Leute daran total zu provozieren. »Es ist jetzt nicht so, dass ich gleich einen Vortrag über Massentierhaltung halte, aber man kriegt so ein Label aufgeklebt und die Leute verdrehen die Augen.«

Franca findet es gut, dass sich mehr und mehr Menschen Gedanken über ihre Ernährung und die Umwelt machen. Schon seit einer Weile nehmen die beiden Schülerinnen regelmäßig an den *Fridays for Future*-Demos teil. Und sie merken in der Schule, dass dafür langsam ein Bewusstsein wächst. »So manche Leute, wenn die sagen, ich bin schon wieder dahin geflogen, dann ist das schon ein bisschen peinlich inzwischen. Die fliegen für ein Wochenende nach New York und dann in den Ferien nach Australien. Muss ja eigentlich nicht sein. Man kann auch mit dem Zug nach Frankreich fahren.«

Taraneh und Franca glauben daran, dass jeder Einzelne etwas zum Klimaschutz beitragen kann. Und dass man durch sein Verhalten auch andere zum Denken anregt. »Das ist ja so eine Kettenreaktion. Wenn einer anfängt, dann guckt sich das vielleicht der Freundeskreis ab und die haben ja auch wieder Freunde, und so weiter«, erklärt Taraneh. Sie

Der Grundgedanke von Fridays for Future *ist, dass wir die Zukunft des Planeten wichtiger finden als die Schule.* Taraneh

diskutiert mit ihrer Mutter über Kuhmilch und Fleischwirtschaft. Das muss gar nicht immer todernst sein. Manchmal schmuggelt die 16-Jährige ihrer Mutter Hafermilch in die Kaffeetasse. Leidend verzieht die Mutter das Gesicht und dann brechen sie in schallendes Gelächter aus.

Franca redet mit ihren Eltern darüber, wie sie ihren Plastikverbrauch reduzieren können. Die Eltern versuchen, bewusster einzukaufen. Was die Schüler*innen wie ihre Eltern nervt: dass es so viel teurer ist, Produkte ohne Plastik-Verpackung zu kaufen. Dabei müsste es doch eigentlich umgekehrt sein.

»Viele Leute können sich den Zero Waste-Laden gar nicht leisten«, empört sich Franca. Muss man also reich sein, damit man seinen ökologischen Fußabdruck reduziert?

»Nein«, sagt Taraneh. »Da muss sich in der Gesetzgebung was ändern. Und dadurch, dass viele Leute sich engagieren, wird sich da auch was bewegen. Deswegen gehen wir ja auch zu *Fridays for Future*. Damit die Politik reagiert. Das ist der Grundgedanke von *Fridays for Future*, dass wir die Zukunft des Planeten wichtiger finden als die Schule.«

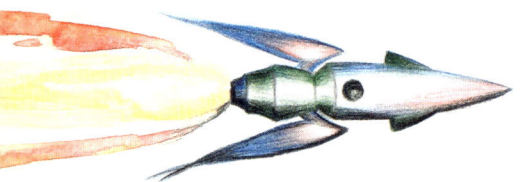

EINE WAHRE GESCHICHTE

aufgeschrieben von Franca & Taraneh

Als ich klein war, wollte ich Bauarbeiter werden. Mir wurde gesagt, dass das kein Beruf für ein Mädchen ist. Ich habe nie verstanden, warum.

»Dafür bist du zu schwach«, meinte mein großer Bruder.

»Warum?«, wollte ich wissen.

»Weil du ein Mädchen bist. Werd' lieber Erzieherin, das ist besser für *dich* geeignet.«

Na gut, dachte ich, dann halt nicht.

Mit acht las dir deine Mutter *Der kleine Ritter Trenk* vor.

»Ich will auch ein Ritter sein. Dann kann ich gegen Drachen kämpfen und auf Pferden reiten …«

Nach einer kurzen Pause fügtest du hinzu: »Und ein Schwein haben.«

»Willst du nicht lieber Prinzessin sein? Dann kann dich ein Ritter retten«, fragte deine Mutter.

»Aber Thekla hat sich doch selbst gerettet. Ich kann das auch.«

Danach las dir deine Mutter nur noch langweilige Prinzessinnengeschichten vor.

»Ich bin ein Astronaut«, verkündete ich stolz, nachdem ich in der Schule über die Mondlandung von 1969 gelernt hatte.

»Warum?«, fragte meine Mutter.

»Weil ich zum Mond fliegen will!«

»Das können aber nur Jungs«, erklärte mein Vater.

Er erntete einen strengen Blick von meiner Mutter.

Ich ignorierte diese Bemerkung: »Und zu Weihnachten will ich ein Raumschiff haben.«

Ich bekam ein Barbie-Schloss.

In der fünften Klasse entdeckten wir das Harry Potter-Universum für uns, größtenteils wegen Hermine. Sie ist schlau und zieht ihre Sache durch. Das hat uns fasziniert. Wir wollten wie sie sein und diesmal konnte uns niemand sagen, dass sei unmöglich, weil wir keine Jungs sind. An Hermine hielten wir fest, bis wir später einen Ethiklehrer hatten, der uns alles über die Frauenbewegung erzählt hat. »Die Emanzipation der Frau« nannte er es. Durch ihn hat sich unser Horizont erweitert.

Bauarbeiter bin ich nicht geworden, aber dafür Astronaut.

Und du?

FRANCA, 16 & TARANEH, 16

Besties! Sie haben Spaß, passen aufeinander auf, machen wahnsinnig viel Quatsch. Sie lesen und schreiben und ihre Welt ist voller Romanfiguren. Taraneh ist Veganerin, Franca isst manchmal Fleisch. Dogmatisch ist keine von ihnen. Aber sie kämpfen im Alltag und bei *Fridays for Future* gegen Plastikflut, Gender-Klischees und Nachlässigkeit im Umgang mit dem Planeten.

Man kann im Leben sehr
viel Glück erreichen, wenn
man aufeinander zugeht.

Lotte

Die Selbstständige

Lotte kann gut für sich sorgen. Seit anderthalb Jahren kümmert sich die 17-Jährige darum, dass zu Hause der Kühlschrank gefüllt ist, sie morgens aus dem Bett und in die Schule kommt, für Klausuren lernt und ihre Wäsche wäscht. Sie lebt alleine in der Berliner Zweitwohnung einer Familie.

»Für mich ist das nicht schwer«, sagt Lotte. »Ich bin sehr selbstständig aufgewachsen. Sei es Schule, sei es Leben, sei es Zurechtkommen, ich war schon immer jemand, der bei allen möglichen Sachen nicht so viel Unterstützung brauchte.«

Aufgewachsen ist Lotte in einem kleinen Dorf in der Uckermark, nahe der Grenze zu Polen. Es ist nicht so, dass es ihr dort nicht gefallen hätte. »Ich bin sehr dankbar dafür, dass ich eine Kindheit auf dem Land hatte«, sagt die Schülerin, die sich auch heute noch eher als Land- denn als Stadtmensch sieht. Sie hat zwei kleinere Brüder und ein gutes Verhältnis zu ihren Eltern. »Meine Eltern haben mir nie den Eindruck gegeben, dass sie über mir stehen, dass ich die kleine Abhängige bin, die immer ihre Hilfe braucht. Ich kann mir Unterstützung bei ihnen holen, aber sie können mich auch Sachen fragen.«

Unterstützt wurde ihre Selbstständigkeit und Eigeninitiative auch durch die freie Schule, auf die sie bis zur zehnten Klasse ging. Als Lotte 13 Jahre alt war, arbeitete sie für die Schule an einem Projekt, in dem es um Konflikte in verschiedenen Krisenregionen der Welt ging. Während des Projektes fragte sie sich, ob nicht eigentlich in der benachbarten Unterkunft für Geflüchtete auch Menschen leben, die aus diesen

Krisenregionen kommen und von ihren persönlichen Erfahrungen berichten können.

»Ich und ein paar Freundinnen, wir haben beschlossen, in die Unterkunft zu fahren und dort Interviews zu führen.«

Als sie dort ankamen, bemerkten sie, dass es den Menschen vor Ort an vielem fehlte und erst mal Sprachbarrieren überwunden werden mussten, bevor sie Interviews machen konnten. Lotte und ihre Freundinnen fragten die Menschen in der Unterkunft, welche Unterstützung sie am dringendsten brauchen. »Deutsch«, war die einhellige Antwort. »Alle haben gesagt, wir müssen Deutsch lernen, wir brauchen die Sprache.«

Es war die Zeit, als es auf dem Land von staatlicher Seite aus noch keine institutionalisierten Deutschkurse gab. »Dann haben wir kurzerhand beschlossen, okay, wir nehmen das jetzt in die Hand und haben mehrmals wöchentlich über ungefähr zwei Jahre Deutsch unterrichtet, bis irgendwann von staatlicher Seite aus die Infrastruktur da war.« Bescheiden fügt sie hinzu, dass es sich wirklich um Deutsch-Unterricht für Anfänger handelte.

Das waren schon krass emotionale Sachen.

Klar sind Lotte und ihre Freundinnen keine ausgebildeten Lehrerinnen. Und sie waren nach zwei Jahren auch ganz froh, die Verantwortung für das Unterrichten wieder abgeben zu können. Das Entscheidende waren für sie die Begegnungen und der Austausch. »Das hat mich, glaube ich, nochmal ein Stück reifen lassen, weil ich in Kontakt mit Menschen gekommen bin, die von woandersher kamen, die andere

Geschichten zu erzählen hatten, die oftmals in ihrem Leben schon viel krassere Sachen erlebt hatten, als man sich das vielleicht als 13-Jährige vorstellen kann.«

Besonders bedeutsam war für sie die Begegnung mit Jugendlichen, die alleine aus ihren Herkunftsländern geflohen waren. »Das war halt so immens, dass Jugendliche, die in unserem Alter sind, erstens schon so viel erfahren haben und zweitens ohne ihre Familie in einem anderen Land sind und irgendwie alleine klarkommen müssen.«

Diese Begegnungen und die Gespräche über Kultur und Religion machen Lottes Welt größer. Sie nimmt die Begegnungen mit in Diskussionen mit Erwachsenen, die sich durch die Unterkunft für Geflüchtete bedroht fühlen. Lotte ermutigt die Menschen um sie herum, Kontakt zu den neuen Nachbarn zu suchen. Sie ist überzeugt, wo die Menschen sich kennenlernen, da verfangen rechtspopulistische Parolen nicht.

Nach der zehnten Klasse war Schluss mit der freien Schule. Doch Lotte wollte Abitur machen. Sie hätte in die nächste Kreisstadt ziehen und dort auf das Gymnasium gehen können. Die Schule präsentierte sich mit Regeln, Kontrolle und Verboten. Die Kluft zwischen den Schüler*innen und den Lehrer*innen war offensichtlich. Lotte, die bislang extrem autonom gearbeitet hatte und von den Erwachsenen immer gleichwertig behandelt worden war, wusste, dass sie an dieser Schule untergehen würde. Und inzwischen war sie selbstbewusst genug, nicht zu denken, sie müsse sich anpassen, sondern sagte sich: »Ich will auf eine Schule, die zu mir passt und wo es Angebote gibt, die ich toll finde.«

Also zog sie zur elften Klasse nach Berlin, um eine Sekundarschule zu besuchen, an der Respekt zwischen Lehrenden und Lernenden großgeschrieben wird und an der sie Theater spielen kann.

Jetzt, gegen Ende der zwölften Klasse, ist sie immer noch glücklich über diesen Schritt, auch wenn das heißt, dass sie ihre Familie nur bei den regelmäßigen Besuchen sieht.

Das hat viel damit zu tun,
dass ich die Leute kennengelernt habe.

Was danach kommt, weiß sie auch schon. Nach dem Abi wird sie Arabistik studieren. Nicht in Berlin, weil dort der Schwerpunkt auf sprachhistorischen Veranstaltungen liegt. Klar, Lotte liebt Arabisch und bei einfachem syrischem Small Talk kommt sie auch schon so halbwegs mit. Aber nur Sprachwissenschaften, das möchte sie nicht. Die Oberstufenschülerin will viel über Geschichte und Politik, über Geographie und Kultur in den arabischen Ländern lernen. Also hat sie sich drei Unis ausgesucht, an denen man das auch im Gesamtpaket studieren kann. Während des Studiums will sie außerdem ins Ausland, um später wirklich Wissen aus einem anderen Kulturbereich mitzubringen.

Lotte weiß, dass das Wissen über den Nahen und Mittleren Osten für uns als Gesellschaft immer relevanter wird. Doch ihr grundsätzliches Interesse daran entstand durch die Begegnung mit den Menschen in einer Uckermärker Unterkunft als junge ehrenamtliche Helferin.

»Bevor ich Menschen kennengelernt habe, die aus dem arabischen Raum kommen, wollte ich immer Spanisch- und Englisch-Dolmetscherin werden. Durch das Arabische kam noch eine Sprache hinzu, die für mich wunderschön klingt und die eine ganz andere Schrift hat. Und ich kenne jetzt schon so viele persönliche Geschichten und Ausschnitte, da möchte ich unbedingt mehr wissen.«

Lottes Lebensphilosophie

Man kann im Leben sehr viel Glück erreichen, wenn man aufeinander zugeht.

Wenn man willig ist, neue Leute kennenzulernen, die vielleicht auch etwas anderes mitbringen als man selbst. Die eine andere Geschichte haben, etwas anderes erlebt haben. Und man schon allein durch den Austausch von Lebenserfahrungen, von Gedanken, Ansichten, sehr weit kommen kann, auch wenn man nicht immer einer Meinung ist.

Ich glaub, dass das auch der Schlüssel zu gegenseitigem Respekt und vielleicht auch die Lösung von vielen rassistischen Problemen sein kann: dass man sich einfach kennenlernt und dann automatisch nicht mehr so voreingenommen ist.

Denn wir alle haben gewisse Vorurteile gegenüber dem, was wir als fremd empfinden. Das ist menschlich und muss auch gar nicht verleugnet werden.

Wichtig ist, dass wir willig sind, dieses Schubladendenken abzulegen.

Und das kann nur passieren, indem wir das Fremde zu Bekanntem machen.

تقارب البعض إلى البعض-

LOTTE, 17

lebt alleine in Berlin. Sie ist auf dem Land aufgewachsen und früh unabhängig geworden. Mit 13 engagiert sie sich in Notunterkünften für Geflüchtete und organisiert gemeinsam mit Freundinnen Deutsch-Unterricht. Ihr Motto: Sei selbstständig. Mach, worauf du Lust hast und trau dich, andere kennenzulernen.

Ich bin eine von den Durchsichtigen.

Zofia

DIE KOMPONISTIN

»Ich bin eine von den Durchsichtigen«, sagt Zofia. »Ich kriege alles um mich herum ganz intensiv mit. Und man sieht mir immer an, wie es mir geht. Ich habe keine dicke Haut. Wenn man so 'ne krasse Gefühls-achterbahn fährt wie ich, das kostet viel Energie.« Ein paar Sekunden später fügt die 18-Jährige hinzu: »Und es ist ein großes Geschenk.«

Mit 12 ging es Zofia richtig schlecht. Gerade war sie auf das neue Gymnasium gekommen und hatte dort einen Freundeskreis aufgebaut. Gemeinsam mit einer Freundin, von der sie dachte, dass sie die Beste wäre. Einer, von der sie dachte, sie würde es aushalten, wenn Zofia ihr erzählte, was gerade in ihr überkochte. Dass die Mutter ein neues Kind bekommen hatte, dass die große Schwester ausgezogen war, weil sie mit dem neuen Mann nicht zurechtkam, dass es der Mutter selbst auch nicht immer gut ging und über den frühen Tod von Zofias leiblichem Vater nur geschwiegen wurde.

»War vielleicht auch ein bisschen viel«, sagt Zofia heute. Die Freundin suchte das Weite und nahm den Rest des Freundeskreises gleich mit.

Wochenlang konnte Zofia nicht schlafen. Sie hätte der Freundin die Hölle heißmachen können. Sie hätte sich zurückziehen und richtig bitter werden können. Sie hat sich zurückgezogen. Glücklicherweise hatte die ehemalige BFF ganz unbeabsichtigt einen Rettungsanker dagelassen. Die Begeisterung für Taylor Swift, die damals noch Country spielte. Zofia fand in Taylor Swift jemanden, deren Songs für sie megacool waren und die als Jugendliche mit ähnlichen Gefühlen zu kämpfen hatte wie sie selbst.

»Es war ganz genauso. Sie hat angefangen, Songs zu schreiben, als sie jünger war und nicht so viele Freunde hatte.«

Taylor Swift wurde für Zofia eine Freundin. Eine, die sie bislang nie getroffen hat. Aber eine, die ihr etwas ganz Großes schenkte.

»Ihr ging es genauso schlecht und sie hat es geschafft, daraus so tolle Songs zu machen. Dann kann ich das vielleicht auch.« Zofia, die bis dahin mit Klavier, Gesang und Gitarre immer wieder aufgehört hatte, sobald sie das Gefühl hatte, sie müsse was lernen, begann, sich Gitarrenakkorde selbst beizubringen.

»Taylor Swift war eine riesige Motivation für mich, immer weiterzumachen und mich nicht so krass davon treffen zu lassen, dass die Leute in der Schule nicht mit mir redeten.« Jeden Tag, wenn sie nach Hause kam, spielte sie die Songs nach und fing an, sich eigene Lieder auszudenken.

> *In einem Song kann man das*
> *ausdrücken, was man Leuten gerne*
> *ins Gesicht sagen würde.*

Im Deutschunterricht schrieb Zofia einen Song, in dem sie sich vorstellte, sie wäre ein anderes Mädchen, neu in der Klasse und der Junge, den sie anhimmelte, würde sie bemerken. Hat er nicht. Aber Zofia hatte eine Form gefunden, sich auszudrücken.

»Ich hatte oft das Bedürfnis, Leuten was zu sagen, aber ich hab mich das nicht getraut. Und dann hab ich das in Liedern gemacht.«

Mit 13 fing Zofia mit Straßenmusik an. Sonntag für Sonntag spielte sie

im Berliner Mauerpark. Unverstärkt. »Ich hab meine ganzen Lieder ge-
sungen. Und da waren dann auch Leute, die stehen geblieben sind, und
so hat das im Prinzip dann angefangen.«

Heute spielt die Zwölftklässlerin regelmäßig in Berliner Cafés, Clubs,
auf Straßenfesten und Events. Im Studio hat sie gerade ihre erste EP
aufgenommen.

Wenn Zofia singt, dann hat ihre Stimme eine Klarheit und Präsenz, die
nicht erkennen lässt, wie schüchtern, allein und zerbrechlich sie sich
manchmal auch heute noch fühlt. Mittlerweile hat Zofia gelernt, dass
Durchsichtigkeit ihre große Stärke ist.

»Ich bin definitiv so eine Person, die randvoll mit Emotionen gefüllt
ist, mit Stimmungsschwankungen hoch zehn. Manchmal finde ich das
selbst nervig. Aber irgendwie kann ich es in Musik übersetzen.«

> *Polnisch? Deutsch? Wir sind irgendwie*
> *so'n lustiges Zwischending.*

Vielleicht kommt Zofias Fähigkeit, den Blickwinkel zu verändern und
auch in dem, was sie überfordert, etwas Positives zu sehen, daher, dass
sie schon als Kind in zwei Kulturen gelebt hat. Bis zu ihrem dritten Le-
bensjahr wuchsen Zofia und ihre ältere Schwester in Danzig auf. Dann
starb der Vater und Zofias Mutter beschloss, mit den Kindern nach
Berlin zu ziehen. Es sollte ein Neuanfang werden.

Zofia ist froh, in Berlin zu leben, aber bis heute fahren sie und ihre
Schwester regelmäßig nach Polen und schwärmen von der Fahrrad-
stadt Danzig. »Da könnte sich Berlin echt was von abgucken.«

Zofia spricht Deutsch besser als Polnisch, doch sobald sie zwei, drei Tage in Polen ist, »laber ich wieder den kompletten Scheiß.« Für Zofia ist es ein Geschenk, in mehreren Kulturen aufgewachsen zu sein. Die Menschen um sie herum sehen das oft anders.

»Für die Leute in Berlin sind wir halt immer die Polen und für die Leute in Polen sind wir die aus Berlin. Am Ende läuft es so, dass wir ein bisschen länderlos sind, weil wir keinem Land so richtig zugehören.« Und es gibt Momente, in denen sie die Ablehnung spürt.

»Es kommt halt drauf an, wie die Leute drauf sind. Wenn die das so abwertend sagen, tut es weh.« Einen Moment lang ist Zofia nachdenklich, aber dann lacht sie. Eigentlich mag sie dieses Länderlose. »Du kannst dir aussuchen, was du von beiden Kulturen willst. Du kannst es dir einfach aussuchen und selbst zusammenbauen. Und sonst würde ich mich so fühlen, als müsste ich ein fertiges Set nehmen und danach leben. So habe ich die Wahl, das zu nehmen, was ich nice finde.«

Wenn Zofia in die Zukunft träumt, dann würde sie gerne etwas für Kinder tun, vielleicht als Kinderärztin. »Weil Kinder sind auch sehr durchsichtig. Die beobachten viel und nehmen alles auf. Und dann denken sie sich extrem viel in ihrem Kopf. Man merkt es gar nicht, aber irgendwann sagt so ein kleines Kind was richtig Krasses und du denkst so, whoa, woher kam das denn plötzlich?«

Auf jeden Fall bleibt die Musik Zofias Möglichkeit, all das, was in ihrem Kopf so rumspukt, rauszulassen. Und es wäre das größte Glück, die Taylor Swift der nächsten Generation zu werden. »Ich würde mir wünschen, dass Jugendliche meine Musik anhören und sich nicht mehr so alleine fühlen. Weil sie merken, da ist jemand, der war in derselben Situation oder hat genauso empfunden wie ich.«

Zofias Song Unique

I am standing here on the streets of Berlin.
And no matter where I go
this love is following me home.
I've learned to love you in a way,
I swear to you, no one else would ever do …

Your eyes do look worried
every single time when you look into mine.
So tell me why they do not shine?

You're so unique
My whole eloquence is falling asleep.
You do destroy your dreams.
May in this life, I am the one who has to fight.
For you, cause that's the truth …

And I've been wondering about the things that you said.
Live isn't easy and it makes me so mad that
your positive thinking is gone
when you have to be strong.

Whenever I try to find you,
you start to hide.
Well I'm a sleepless dreamer,
bout the things that we could be.

You're so unique, my whole eloquence is falling asleep.

You do destroy your own dreams.

May in this life, I am the one who

has to fight.

For you I would always do. ❤️

Lyrics zu Zofias Song Unique, erschienen auf ihrer EP Illusion,
hörbar auf ihrer Website www.zofia-charchan.de

ZOFIA, 18

liebt Country, auch mal schräge moderne Versionen. In ihrer Altersgruppe stößt sie damit nicht immer auf Gegenliebe. Ihre Kindheit ist vom Verlust eines Elternteils und dem Schweigen darüber geprägt. Bis sie eine virtuelle Freundin (er)findet, die sie zu ihrem ganz eigenen Weg motiviert: die Musik.

Ich glaub ja, man muss lernen, dass man ein Recht darauf hat, sein Leben so zu leben, wie man es will.

Noa

Noa runzelt die Stirn. Philosophin, ja, das stimmt schon. Aber nicht nur. Sie ist auch Fußballerin, Langstreckenläuferin, Science-Fiction-Roman-Schreiberin, sie kriegt in Kunst immer die beste Note, liebt Chemie und interessiert sich wahnsinnig für Politik. Wenn Noa über sich selbst nachdenkt, dann sieht sie eine Summe verschiedener Puzzle-teilchen vor sich, die zusammen ein buntes Leben ergeben.

Die 17-Jährige ist froh, dass ihr früher viel langweilig war. Sonst hätte sie wahrscheinlich nicht stundenlang mit ihrem Vater vor der Tiefsee-Webcam gehockt. Sie hätte nicht in den College-Blöcken ihrer Mit-schülerinnen gestöbert, um die Geschichten zu lesen, die diese wäh-rend des Mathe-Unterrichts geschrieben hatten.
Ohne Langeweile hätte sie auch nicht angefangen, ihren Roman »Pro-ject Mercury« zu schreiben, eine Sci-Fi-Geschichte um eine Gruppe von Forscher*innen, die die Menschheit vor dem Ansteigen des Mee-resspiegels warnt und unter Wasser eine neue Gesellschaft aufbaut.

Und wäre Noa nicht so wahnsinnig gelangweilt davon gewesen, immer nur alleine auf dem Sportplatz den Ball gegen den Zaun zu brettern, würde sie heute nicht im Fußballverein spielen und kurz davor stehen, in die Frauenmannschaft aufgenommen zu werden. Als sie klein war und bolzte, störte das glücklicherweise niemand. Und später, in der Grundschule, als dann die ersten dummen Sprüche kamen, »da war's mir schon egal, weil ich gemerkt hatte, es macht mir halt Spaß.«
Je öfter sie darauf angesprochen wurde, desto sicherer wurde ihre Ant-wort. Das hat sie auch für ihr Leben abseits des Fußballs gestärkt.

»Ich glaub ja, man muss lernen, dass man ein Recht darauf hat, sein Leben so zu leben, wie man es will, auch wenn's nicht irgendwelchen Normen oder Schubladen entspricht und Leute dich dafür kritisieren oder sagen, dass es komisch ist.«

Es ist wichtig, dass du Kontra gibst,
weil du vielleicht
ein paar Leuten damit hilfst.

Noa ist niemand, die Streit vermeidet. Auch wenn ihr manchmal unwohl dabei ist. Als sie das erste Mal in der Schule einem Lehrer widersprach, ging es ihr richtig schlecht. Andererseits kribbelte es auch in ihr, weil sie das, was der Lehrer sagte, so falsch fand. Eigentlich müsste ich jetzt was sagen, dachte sie. Das unangenehme Gefühl im Bauch hielt sie für eine Weile davon ab. Aber dann sagte sie doch, was sie dachte. Auch wenn es am Anfang unangenehm war, war sie im Nachhinein froh, den Mund aufgemacht zu haben. Sie wusste, dass sie den Lehrer vermutlich nicht in seinem Denken ändern würde. Aber da war ja auch noch ein ganzer Raum von Mitschüler*innen.
»Und manche von denen hören ihm vielleicht zu.« Für die ist es wichtig zu wissen, dass man die Sache auch anders sehen kann. Egal, ob Noa die perfekten Worte gefunden hat oder nicht. »Weil es eben nur dadurch zur Diskussion kommt, wenn du dich traust und dahinterstehst, dass du Meinungen und Ansichten hast. Auch wenn du noch jung bist.«

Das heißt nicht, dass Noa immer auf ihrer Meinung beharrt. Klar, recht haben ist schon nicht schlecht und es ist cool, die besseren Argumente zu haben als der Lehrer. Oder das Wissen zu nutzen, das sie sich angelesen hat, als ihr mal wieder langweilig war. Aber sie findet es spannend, andere Meinungen zu hören.

Unter ihren Freund*innen wird gerade viel gestritten. Über den Klimaschutz, die alten Parteien und den Kapitalismus an sich. Dann gibt es immer die, denen das auf die Nerven geht und die lieber einfach nur eine schöne Zeit miteinander hätten. Noa findet, das Gespräch wird reicher, wenn man sich nicht einig ist.

»Wenn es zu keiner Reibung kommt, dann ist es doch langweilig.«

Und gemeinschaftliche Langeweile ist dann doch nicht so ihr Ding. Noa will hören, was die anderen zu sagen haben. Und sie kann damit leben, wenn ihre besten Freund*innen anderer Meinung sind. Sie will darüber nachdenken, ob das, was sie so dachte, richtig ist. Falls ja, dann hilft ihr der Streit, ihre Argumente zu schärfen. Falls nein, ist es höchste Zeit, das alte Denken über Bord zu schmeißen und etwas Neues zu lernen.

Ein bisschen hat Noas Lust an Auseinandersetzung und ihre Offenheit für andere Denkweisen vielleicht mit ihrer Religion zu tun.

Noa ist Jüdin. Wenn sie das erzählt, ergänzt sie sofort, dass das auch nur ein Puzzleteil von ihr ist und etwas, in das sie hineingeboren wurde. Noa kommt aus einer liberalen Familie, es wird nicht koscher gegessen und sie muss keinerlei Kleiderordnung einhalten.

»Aber durch die jüdische Erziehung und die Feiertage und das Reden mit Rabbinern und anderen Juden kommt irgendwie schon eine Art zu leben. Und zu denken. Wenn du an irgendwelchen Feiertagen in die Synagoge gehst, und da wird dir halt gesagt, dass es sehr wichtig ist, gut zu lernen. Und die Dinge zwei Mal zu lesen und drei Mal zu lesen, weil das der Sinn an diesen ganzen Schriften ist. Du liest sie jedes Jahr von vorne, aber du musst sie immer aus anderen Winkeln anschauen. Dadurch hab ich ein sehr starkes Verständnis für andere Perspektiven entwickelt.«

Was Noa sehr bedrückt, ist das Thema Ungleichheit. Sie hält es für eine große Gefahr, dass zu viele von den wenigen, die die Macht haben, an die Wand gedrückt werden. Auch persönlich hat sie schon bittere Erfahrungen gemacht. Früher lebte ihre Familie in der Berliner Innenstadt. Dann kam der Mietenwahn und der Familie blieb nur der Umzug an den Stadtrand. »Viele Menschen werden aus ihren Lebensräumen gedrängt. Leute werden in ihrer Freiheit eingegrenzt. Das verstehe ich nicht.«
Noa regt sich auf, wenn Politiker das große Ideal der Freiheit bemühen und dann davon reden, auf der Autobahn rasen zu dürfen. Das ist nicht die Freiheit, die sie und ihre Generation meinen.

Ich will etwas machen,
was gegen die Probleme hilft.

Wieder einmal nimmt Noa diese negative Erfahrung und lernt daraus. Für ihre Berufswahl ist ausschlaggebend, wie sie mit ihrer Arbeit dazu beitragen kann, dass die Welt eine bessere wird. Ob in der Politik oder in der Umwelttechnik. Ob sie Chemie studiert oder Stadt- und Regionalplanung. Ihre Arbeit muss Sinn machen.
»Allein dadurch, dass ich weiß, ich tue was, was hoffentlich Menschen hilft, kommt dann auch Freude im Beruf. Weil ich weiß, ich mache etwas, das einen Wert hat.«

WAS ICH NICHT WUSSTE

- Patriachat: Herrschaft der Väter
- PS steht für post skriptum, Nachsatz
  oder auch Pferdestärke

9. 4.

Neben den Eichhörnchen leben auch Tauben auf dem Baum vor meinem Fenster. Ab und zu fliegen sie auf mein Fensterbrett, dann haben wir einen langen, unangenehmen Augenkontakt und sie fliegen weg. Wir hatten das schon mal in der alten Wohnung, dort hat eine Taube ihr Nest gelegt. Irgendwie sind sie gruselig, wie sie ins Zimmer starren …

12. 4.

Na ja, momentan bin ich eigentlich nur traurig und hoffnungslos, was die Zukunft der Menschheit angeht. Manche reden über Rente bis 2040, ich verstehe nicht, wie man davon ausgehen kann, dass 2040 die Welt noch gleich funktioniert oder die Menschheit existiert.

WAS ICH NICHT WUSSTE

- Nordlichter sind eine Reaktion der Sonnenstrahlen bei einem Sonnensturm von Partikeln, die durch die Atmosphäre fliegen und dabei mit etwas (Schwefel?) reagieren. Also quasi brennendes Licht, das grün aussieht.

NOA, 17

spielt seit Kita-Tagen Fußball, schreibt einen Umweltroman und ist sauer, weil Mietsteigerungen ihre Familie aus dem Innenstadtkiez an den Berliner Stadtrand vertrieben haben. Sie hat Lust an Diskussionen und fordert ihre Lehrer*innen dabei manchmal ganz schön heraus.

Du musst investieren.
In dein Leben.

Nadjeschda

DIE KÄMPFERIN

Der Pelz ist echt. Und er steht Nadjeschda. Nach ein paarmal Posen hängt sie ihn zurück auf den Bügel und verlässt den Second-Hand-Discounter, ohne dass sie auch nur ein einziges Mal auf das Preisschild geblinzelt hätte. Ist es wegen der Tiere? Sie nickt und erst einen Moment später schiebt sie leise ein »auch« hinterher. Wie billig er auch sein mag, Geld für einen neuen Mantel einfach nur so ist nicht drin.

Früher war das anders. Damals, als die Familie in dem großen Haus in der Nähe des Meeres wohnte. Als sie in einem der Familienautos zum Ballett kutschiert wurde und davon ausging, versorgt zu sein.
»Wenn du 'nen Vater hast, der Geld hat, dann machst du dir keine Sorgen um irgendwas. Es interessiert dich nicht, ob du in zehn Jahren Geld brauchst. Man hat's halt. Und wird's auch irgendwie immer haben.«

Mit 13 ist dieses Leben vorbei. Nadjeschda und ihre beiden Geschwister ziehen mit der Mutter in eine Notunterkunft nach Berlin. Zu viert in eine kleine Zweizimmer-Wohnung. »Wir wussten nicht, was man zum Essen kauft oder wie man morgens zur Schule kommt.« Ihre Energie geht erst mal ins »irgendwie über die Runden kommen.«
War sie damals sauer auf die Gesellschaft, in der man plötzlich so arm sein konnte? Nadjeschda schüttelt den Kopf. Sie war damit beschäftigt, mit ihrem neuen Leben zurechtzukommen.
»Ich wollte immer einfach nur den Tag überstehen und fertig. Da hab ich mir nicht so richtig 'nen Kopf gemacht, auf wen ich jetzt sauer bin. Also, in dem Moment, wo man in so einer Situation drin ist, hat man nicht so richtig viel Zeit, sich über Sachen zu beschweren.«

Dabei verlangt ihr das Leben schon als Teenagerin eine Menge ab. Nadjeschdas alleinerziehende Mutter kämpft an allen Fronten und versucht den Kindern und sich selbst eine neue Zukunft aufzubauen. Ein Todesfall in der Familie zieht der Mutter den Boden unter den Füßen weg. Sie muss in die Klinik. Ein Dreivierteljahr lang ruht sehr viel Verantwortung auf Nadjeschda und ihrer älteren Schwester.

»Das Schlimme war nicht das Einkaufen, zur Schule gehen und sich um den kleinen Bruder kümmern. Das Schlimme war die Angst.«

Die drei Geschwister rücken eng zusammen. Die Mutter wird wieder gesund, Nadjeschda schöpft neuen Mut und trennt sich von Freundinnen, die ständig an ihr rumkritisieren. Auch wenn es damals die Einzigen waren, die sie hatte. Vermutlich trägt Nadjeschda ihren Namen nicht umsonst. Als Einzige in der Familie hat sie einen russischen Namen. Nadjeschda bedeutet Hoffnung. Ihr Urgroßvater hat die Liebe zur russischen Kultur aus Sibirien mitgebracht.

Heute ist Nadjeschda 17 und bereitet sich aufs Abitur vor. Mit Mutter und Geschwistern lebt sie in einer Sozialwohnung im Prenzlauer Berg, einem Stadtteil von Berlin, in dem die meisten Leute Geld haben. Zur Schule geht sie in Friedrichshain-Kreuzberg, einem sozial gemischten Bezirk. Aber auch dort wird in der Mittelstufe viel gemobbt. Wegen Klamotten, Schuhen oder Handys, die zu billig aussehen. Manche Mitschüler*innen zahlen ihre Schulbücher lieber selbst als zuzugeben, dass sie einen berlinpass[1] haben.

In der Oberstufe packt Nadjeschda als eine von wenigen ihren Ausweis auf den Tisch, wenn danach gefragt wird. Es ist ihr auch nicht peinlich.

---

1 Der berlinpass ermöglicht Menschen, die von Hartz IV, Sozialhilfe oder Asylleistungen leben, viele Vergünstigungen.

Sie findet, das Problem ist eher, dass in armen Familien oft nicht an die Kinder geglaubt wird.

Nadjeschda ist stolz auf ihre Mutter, die ihr immer vermittelt hat, dass sie alles erreichen kann. Viele andere Schüler*innen mit berlinpass haben es nicht in die Oberstufe geschafft. Dabei geht Nadjeschda in eine Integrierte Sekundarschule, deren erklärtes Ziel es ist, alle mitzunehmen. Die Oberstufenschülerin empfindet das selbst etwas anders.

»Das wird total gefördert, dass man 'ne Ausbildung macht und kein Abitur. Und da gibt es Lehrer*innen, die sagen ganz offen, zehn von euch machen Abitur, der Rest nicht. Und dann zählen sie die Leute auf: du machst Abitur, du machst 'ne Ausbildung, du machst 'ne Ausbildung … Wenn du da weißt, du gehörst vielleicht nicht zu den Besten, dann bist du ganz schnell raus.«

Sie ist drin. Dafür hat sie die letzten Jahre extrem hart gearbeitet. Hat sich mit der Schule gestresst, auch wenn die Noten nicht immer gut waren.

Ihre Energie hat viel mit der Situation der Frauen in ihrer Familie zu tun. Die Großmutter, die Tante, die Mutter – sie hatten nicht annähernd die finanziellen Mittel oder Chancen wie die Männer. Und was passiert, wenn eine Beziehung zerbricht, hat sie selbst erlebt.

Man kriegt nichts geschenkt.

In Berlin wird ihr schnell klar: »Man kriegt nichts geschenkt. Und ich habe gemerkt, dass man Lernen halt wirklich braucht. Seitdem bin ich viel selbstkritischer.« Sich auf andere verlassen ist nicht. Es ist kein Sicherheitsnetz da. Nadjeschda lernt, um über Wasser zu bleiben.

Im Gegensatz zu vielen Jungen an ihrer Schule. In Nadjeschdas Jahrgang sind überhaupt nur ein Drittel der Schüler Jungen. Und »von den richtig guten Schülern, da ist kein einziger Junge dabei.«

Liegt das daran, dass die Schule Mädchen bevorzugt? Das sagen die Jungen gerne mal, aber Nadjeschda ist sicher, dass der Grund ein anderer ist. »Mädchen bekommen nicht so viel geschenkt. Die Mädchen bei uns sind viel motivierter. Wir haben auch keine Chance, wenn wir nicht studieren. Ich glaube, Jungs haben wirklich nicht diese Not, zu lernen.«

Die Leute kennen dich nicht.
Du kannst auch von vorn anfangen.

Und nach dem Abi? Erst mal ins Ausland gehen hätte sie sich gewünscht. Mal raus, erholen und neue Eindrücke sammeln. Aber dafür fehlt das Geld. Also wird sie an die Uni gehen. Biochemie. Mit Bafög wird es möglich sein, irgendwo anders in Deutschland zu studieren. Nadjeschda freut sich darauf, dass sie sich neu erfinden kann. Sie liebt ihre Familie. Trotzdem ist die Vorstellung großartig, einfach mal neue Seiten an sich zu entdecken.

»Die Leute haben halt Erwartungen, die vielleicht nicht falsch sind, aber wenn man die nicht erfüllen muss, dann ist das auch gut.«

Nadjeschda will unabhängig sein und diese Unabhängigkeit auch nicht mehr aufgeben. Selbst wenn sie dafür kämpfen muss. Aber damit hat sie ja Erfahrung.

Ein Geschenk für Nadjeschda

Die Karte fürs Festival, das war das beste Geburtstagsgeschenk. Zum 18-ten. Es war 'ne Erfahrung, weil ich vorher nicht alt genug war für so was, und dann, weil ich es selber nicht bezahlen konnte. Meine Schwester, meine Freundin und ihr Bruder haben mir das geschenkt.

Wie es war? Massiv! Ich habe noch nie so viele Leute auf einem Fleck gesehn. Es war, als wärs nicht echt. Dieses konstante Tanzen und Mitsingen. Von 11 bis 11. Jeder hat sich gekleidet, wie er wollte. Es gab keine Körpertabus. Das gibts ja hier in der Stadt und in der Schule immer. Speziell Frauen mit vielen Kurven, dicke Frauen im Bikini. Jeder sah aus, wie er wollte, tanzte, wie er wollte. Es gab irgendwie kein Schamgefühl. Die Leute sind wegen der Musik hingegangen.

Natürlich wurden auch Drogen genommen. Wir haben noch nicht mal Bier getrunken. Das war alles zu teuer, und man hätte das dann auch nicht durchgehalten. Wir waren zu dritt so albern, dass keine Line nötig war.

Das war drei Tage, nachdem wir die Abi-Ergebnisse bekommen haben. Es war wie ein Endpunkt, bevor der Sommer beginnt. Ich bin mit meiner Freundin Luisa und ihrem Bruder hingefahren. Wir waren so lange in der Schule zusammen. Wir haben gefeiert, dass es zu Ende ist.

Nicht unsere Freundschaft, aber die Schule. Jetzt fängt was Neues an. Und die Freundschaft mit Luisa, die nehme ich mit.

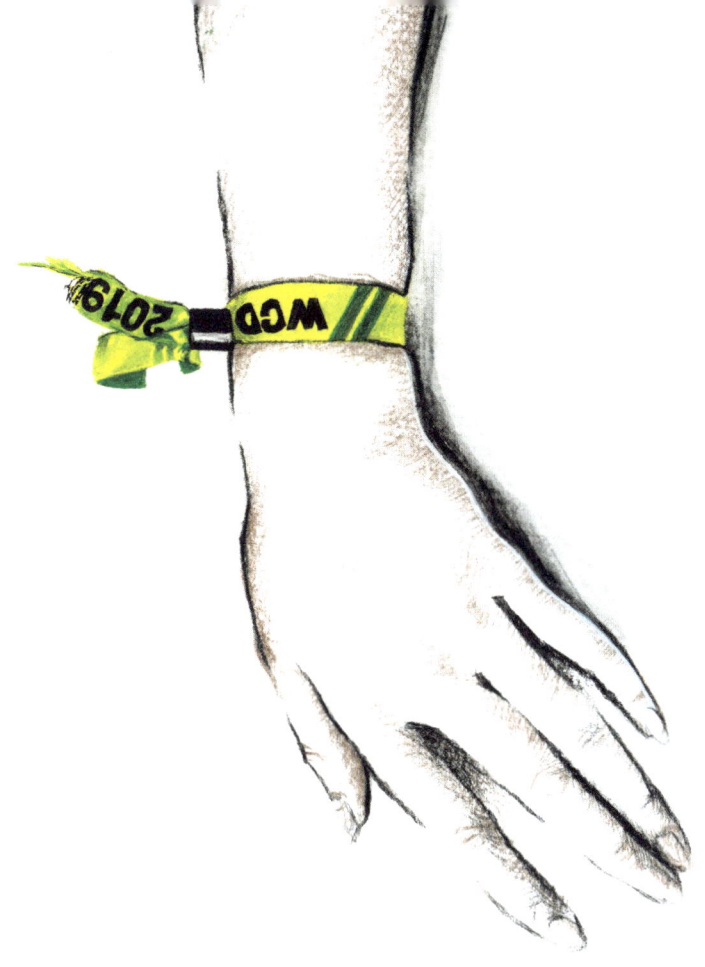

lebt mit ihrem Bruder und der alleinerziehenden Mutter in einer Sozial-
bauwohnung in einem der mittlerweile wohlhabendsten Bezirke Berlins. Die fühlbare Diskrepanz zwischen »Arm und Reich« nimmt sie
oft mit Humor, die alltäglichen Anforderungen sind jedoch schwierig.

Man kann sein Glück
einfach benutzen,
um anderen zur Seite
zu stehen.

Yamuna

Die Aufklärerin

Eigentlich können Erwachsene gute Vorbilder sein, findet Yamuna. Ihre Mutter zum Beispiel, bei der sie allein aufwächst. Von ihr hat die Tochter früh gelernt, dass sie etwas zu sagen hat, auch als Kind, und dass ihre Fragen wichtig sind.

Wenn Yamunas Mutter die Fragen ihrer Tochter nicht beantworten kann, machen sich die beiden gemeinsam schlau, lesen Bücher und schauen Dokumentarfilme.

Yamunas erste Ernüchterung über Erwachsene erfolgte mit 13. Sie saß in der U-Bahn und »da war halt eine Frau, die Sinti oder Roma war. Sie ging durch den Wagen und wollte eigentlich die Straßenzeitung verkaufen. Und dann kam so eine ältere Frau, hat sich neben mich gesetzt und die Straßenzeitungsverkäuferin echt aufs Übelste beleidigt und beschimpft.«

Yamuna war entsetzt. Das Schlimmste war, dass um sie herum jede Menge Erwachsene saßen, von denen niemand etwas sagte. »Und man konnte sehen, dass die Zeitungsverkäuferin ganz klar von dem Hass, der auf sie niederging, mitgenommen war.« Irgendwann griff sich Yamuna selbst ein Herz und machte den Mund auf. »Können Sie bitte mit diesen Kommentaren aufhören? Das verletzt Menschen.«

Erst nachdem die damals 13-Jährige sich getraut hatte, etwas zu sagen, sprang ihr eine andere Passagierin zur Seite und die Hetzerin verließ das Abteil. »Es ist halt krass«, sagt Yamuna, »wenn man als Kind merkt, die Erwachsenen machen nichts. Dann hinterfragt man natürlich seine eigene Stellung und ob man jetzt wirklich was sagen darf.«

Es wird nicht die letzte Herausforderung dieser Art sein. Sich gegen Ausgrenzung und rechte Hetze zu positionieren, ist nichts, was nur in groß angelegten Projekten oder politischen Debatten passieren muss, sondern im Alltag, weiß die heute 18-Jährige. Immer wieder ist der öffentliche Nahverkehr ein Ort, an dem Menschen meinen, andere vor Publikum herabwürdigen zu dürfen.

Seit dieser Szene versucht Yamuna, immer den Mund aufzumachen. Weil sie sich sonst im Nachhinein schämt. Sie versteht die Angst vor Konfrontation. Hat sie auch manchmal. Gerade wenn man jung ist, die Angreifer männlich sind oder Erwachsene, vor denen man doch eigentlich Respekt haben müsste. Aber man kann trotzdem etwas tun.

»Wenn ich mitkrieg, dass zum Beispiel in der Bahn ein Mädchen mit Kopftuch fertiggemacht wird, setz ich mich neben sie und rede mit ihr. Nicht über das Thema des Angreifers, sondern über ihren schönen Nagellack oder so was.«

Wenn man das Opfer als normalen Menschen behandelt und in ein Gespräch verwickelt, statt die Hasser zu beachten, nimmt man ihnen etwas von ihrer Macht. Irgendwann wird es ihnen langweilig, ist Yamunas Erfahrung.

Demos gegen Nazis stärken dich und die Leute, die angegriffen werden.

Yamuna geht in eine Schule, an der Vielfalt gelebt wird. Herkunft und Hautfarbe spielen keine Rolle, niemand wird diskriminiert. Die Abiturientin hat einen großen Freundeskreis, zu dem People of Colour genauso gehören wie Menschen, die einen muslimischen Hintergrund haben. Eine echte Berliner Mischung eben. Außerhalb der Schule erlebt Yamuna, wie ihre Freund*innen plötzlich zu Feinden des Abendlandes gemacht werden. »Ich bin ja aufgewachsen in der Zeit, als Pegida ganz groß wurde.«

Rechtspopulistische und rassistische Slogans vergiften das gesellschaftliche Klima. Yamuna ist geschockt. Mit 13 geht sie auf den großen Schülerstreik gegen Rassismus.

»Da sind wir an einem Café vorbeigelaufen und da war 'ne ganze Gruppe Menschen mit Glatze und Bomberjacken. Die standen echt auf und haben uns als Scheißlinke beleidigt und sehr stark gegen den islamischen Glauben gewettert. Und wenn man von unserer Schule kommt, dann das mitzukriegen, wie quasi deine Mitschüler*innen gehasst werden, das tut natürlich sehr weh.«

Yamuna lässt sich von dieser Erfahrung nicht einschüchtern. Sie geht weiter auf Demonstrationen. Weil sie findet, dass Demos eine Möglichkeit sind, wie Kinder und Jugendliche ihre Stimme erheben und zeigen können, dass sie viele sind. Dass sie etwas zu sagen haben, selbst wenn sie noch nicht wählen dürfen.

Yamuna ist überzeugt, dass es ihre Aufgabe als Vertreterin der privilegierten weißen Mittelschicht ist, sich vor andere zu stellen, die aus Gründen, für die sie gar nichts können, gefährdeter sind als sie selbst.

»Ich kann mein Privileg nutzen und für diese Menschen einstehen. Ich bin in Deutschland aufgewachsen, ich beherrsche die Sprache, meine Mutter verdient genug Geld, dass ich leben kann. Aber das ist einfach nur Glück. Menschen, denen es nicht so geht, haben ja nichts falsch gemacht. Also kann man sein Glück einfach benutzen, um anderen zur Seite zu stehen. Und es ist viel einfacher und ungefährlicher für mich, in der U-Bahn aufzustehen und zu sagen, lassen Sie das, als für Menschen, die eine andere Hautfarbe haben oder Kippa oder Kopftuch tragen.«

So wie wir von Erwachsenen lernen,
lernen Erwachsene auch von uns.

Yamuna hat die Erwachsenen nicht aufgegeben und findet, man sollte immer wieder das Gespräch mit ihnen suchen. Aber sie findet auch, dass Jugendliche in die Politik gehen sollten. Sagen, dass Ausgrenzung nicht in ihrem Namen passiert. Respekt einfordern für alle. Und wieso sollte Mobbing, das in der Schule zu Recht geächtet war, plötzlich in der Erwachsenenwelt erlaubt sein? Yamuna ist hoffnungsfroh, dass sich immer mehr junge Leute aktiv in die Politik einmischen und nicht einfach regieren lassen.

»Oder wenn man nicht in die Politik gehen möchte, dann geht man halt zu Unicef, zu Amnesty und tritt einfach in Gruppen auf. Weil, die Nazis sind nur in Gruppen stark. Aber wir sind viel mehr.«

Yamuna hat gerade eine Bezirksgruppe der Grünen Jugend mitgegründet und arbeitet dort auch online gegen Hass. Sie teilt Storys und Fotos von Demonstrationen und Aktionen gegen rechts, um das Netz nicht rechten Trollen zu überlassen. Das vielleicht Wichtigste an ihrem Engagement ist, dass sie keine Angst vor Erwachsenen hat.

»Das ist nichts anderes als in der Schule den Lehrer*innen was zu erklären. Sag ich halt jetzt wieder, ey Leute, passt ein bisschen auf, weil jeder sollte mit einbezogen werden.«

Gespräch mit einer Freundin

Also, ich war zum Beispiel mit einer Freundin in London und ich dachte immer, wir gehen auf die gleiche Schule und unsere Schule ist total multikulti und das ist ja 'ne Freundin von mir.

Und ich saß mit der in London in unserem Airbnb-Zimmer und hab 'nen Post gesehen: Eine Kita in Berlin möchte halt kein Schweinefleisch mehr an die Kinder geben, weil sie viele Muslime im Kindergarten haben. Und die Kita hat so viel Hass von der AfD und so bekommen. Wirklich krasse Kommentare. Und ich hab ihr das gezeigt und war so geschockt darüber, wie man einen Kindergarten so runtermachen kann. Und sie meinte: »Ey, ganz ehrlich? Ich kann's total gut verstehen.« Ich war total schockiert. Ich hab kurz gewartet und dann gefragt: »Du? Glaubst du, dass es eine Islamisierung unseres Abendlandes gibt? Das interessiert mich jetzt mal.«

Und sie meinte: »Ja klar, natürlich.« Und das ist 'ne Freundin von mir gewesen. Ich hab mich lang mit ihr unterhalten, weil ich Freunde habe, die Muslime sind, und ich hab natürlich ihre Gesichter vor mir gesehen und gesagt: »Du kennst die doch auch. Du magst die doch.«

Was klar geworden ist, sie ist auf der Karl-Marx-Allee groß geworden und hatte sich so überrannt gefühlt. Und sie meinte, sie sieht gar nicht mehr die Leute, die so aussehen wie sie.

Ich kann das nicht nachvollziehen, aber es ist wichtig, ein Gespräch zu führen, zu sagen, dass sie nicht bedroht ist, weil eine Kita Religionsfreiheit respektiert und das Schweinefleisch nicht in die Mülltonne kippt. Und dass weiße Hautfarbe und dass jemand Christ ist oder auch gar nichts, doch nicht bedeutet, dass der so ist wie sie.

»Deine Freunde, von denen manche Muslime sind, sind dir doch viel ähnlicher als diese Rechtspopulisten.« Na ja, und so weiter. Ich hätte einfach rausrennen können. Aber ihr fehlten halt Informationen. Und irgendwann habe ich gemerkt, dass sich bei ihr schon was bewegt hat. Solche Leute werden halt auch gecasht von rechten Parteien.

Also: Gespräche führen und sich informieren. Das finde ich sehr, sehr wichtig, besonders, wenn man befreundet ist, eigentlich. Weil wir sind die Einzigen, die an solche Menschen rankommen können.

YAMUNA, 18

versteht schon früh, dass Parolen gegen Islamisierung einfach nur dazu dienen, Menschen auszugrenzen und zu diffamieren. Menschen, mit denen sie befreundet ist. Yamuna geht auf Demos gegen Rassismus, aber vor allem macht sie in der U-Bahn den Mund auf, wenn jemand wegen seiner Herkunft oder Hautfarbe angegriffen wird.

Nicht ich muss mich ändern, sondern die Gesellschaft.

Julian Hayley

Die Unerschrockene

Julian Hayley hat einen klaren Blick dafür, was Leuten steht und was nicht. Schon seit Jahren berät sie ihre Mutter, wenn die mal wieder neue Kleidung sucht. Dabei schmeißt sich Julian Hayley dann auch selbst gerne mal in Schale, sodass Mutter und Verkäuferin synchron die Münder offen stehen bleiben. Sie findet indische Kleidung wunderschön und würde gerne mal einen Sari anprobieren.

Seit wann Julian Hayley weiß, dass in ihr auch ein Mädchen steckt, kann sie gar nicht mehr so genau sagen. Bis Mitte der fünften Klasse nannten sie alle nur Julian und dachten, sie sei ein Junge. Aber da war so ein Gefühl da, im Magen, das zwischendurch immer mal kurz hochkam. Dann wollte sie zum Beispiel unbedingt ein Kleid haben, das aber doch im Schrank hängen blieb. Auch das Gefühl wurde wieder im Magen verstaut. An ihrer ersten Grundschule hatte Julian Hayley oft Magenschmerzen.

Nach einem Schulwechsel und kurz bevor es mit der Pubertät so richtig losging, hörte Julian Hayley zum ersten Mal, dass es Menschen gibt, die sich nicht oder nicht nur mit ihrem biologischen Geschlecht identifizieren und dass man das »trans« nennt. Endlich gab es ein Wort für das Gefühl, das schon so lange in ihr rumorte. Endlich wusste sie, dass das, was sie fühlte, sein konnte.

Die heute zwölfjährige Julian Hayley ist froh, dass sie vor anderthalb Jahren damit begonnen hat, ihre Gefühle aus dem Magen hervorzuholen. »Wenn man diese Sachen die ganze Zeit mit sich rumschleppt, so wie ich auch meine Schulbücher immer jeden Tag mitschleppe und nicht im Schließfach lasse, wird es am Ende echt schwer. Da brichst du dir irgendwann die Schultern damit. Und du kannst dich auf nichts anderes fokussieren.« Mit elf Jahren outete sich Julian Hayley zunächst vor ihrer Mutter, dann vor dem Vater, dann vor der Schulklasse. Alle brauchten ein bisschen Zeit, um zu kapieren, dass das jetzt echt war und dass sie jetzt auch echt Julian Hayley sagen sollten. So richtig praktisch sei das ja nicht, maulten einige. Und dann auch noch dieser Doppelname. »Praktisch ist nicht immer gut für die Gefühle«, wusste die Schülerin inzwischen. Und Eltern und Schule gewöhnten sich schneller als gedacht daran.

In der Schule darüber zu reden war nicht leicht. Es ist verdammt unangenehm, seine eigene Identität erklären zu müssen und nicht zu wissen, ob die anderen nicht doch doofe Fragen stellen oder Sprüche kloppen. Aber nur zu Hause Julian Hayley zu sein, war auch keine Option.

»Zu Hause wirst du als du selbst gesehen und dann stehst du in der Schule mit 'ner falschen Identität da. Das ist wie wenn du eine Halloween-Maske überziehst. Du trägst diese Maske nicht nur an Halloween, sondern jeden Tag. Diese Maske hilft dir nicht, sie ist eher wie 'ne Gruselmaske, ein bisschen unbequem, sie kratzt und ist einfach nicht richtig. Wenn man die Hälfte des Tages oder mehr damit rumläuft und jedes Mal, wenn einen jemand falsch anredet, kratzt die Maske – ne, das ist einfach falsch.«

Also nahm Julian Hayley all ihren Mut zusammen und zog die Maske ab. Gemeinsam mit einem Erzieher erklärte sie der Klasse, was Sache war. Die Mitschüler*innen nahmen es gelassen. Am Anfang vertaten sie sich noch öfter mit dem Namen. Dann korrigierten sie sich gegen-

seitig. Heute geht Julian Hayleys Klassenkamerad*innen und Lehrer*-
innen der Name problemlos über die Lippen, er steht auf all ihren
Schuldokumenten und Julian Hayley hat mehr Freund*innen als je
zuvor.

Sie nimmt sich die Zeit, auszutesten, was für sie richtig ist. Zunächst
spielte sie in der Schule noch bei den Jungen Basketball, dann lag sie Eltern und Schule in den Ohren, dass sie bei den Mädchen mitspielen
durfte. In der sechsten Klasse durfte sie. Bei den ersten Spielen war sie
ziemlich schüchtern, die anderen Mädchen wohl auch, aber dann spiel-
ten sie einfach drauflos und versuchten, den Ball in den Korb zu beför-
dern.
War es anders als bei den Jungen? »Es fühlt sich einfach besser an«,
sagt Julian Hayley. »Anders kann ich das nicht beschreiben.«

> ›Normal‹ gibt es einfach nicht.
> Weil, wir sind ja nicht alle gleich.

Überhaupt findet sie es anstrengend, dass sie sich immer erklären
muss.
Am liebsten ist es Julian Hayley, wenn die Leute nicht groß Fragen stellen. So wie neulich bei den Respect Gaymes, einer LGBTIQ*-Sportver-
anstaltung, als sie in einer Frauen-Fußballmannschaft mitspielte und
zwischendurch von anderen Teams »ausgeliehen« wurde.
»Wussten die eigentlich, dass du trans* bist«, fragte ihre Mutter sie am
Ende des Tages. Julian Hayley zuckte mit den Schultern. »Die haben
mich einfach so genommen, wie ich bin. Das war toll.«

Sie wünscht sich, die Leute würden kapieren, dass es ganz normal ist, dass manche Menschen eben trans*[2] sind. Wobei, das Wort »normal« mag sie gar nicht.

Wenn wir alle gleich wären und alle dasselbe normal fänden, dann gäbe es tatsächlich ein ›normal‹«, erklärt die Zwölfjährige. Aber da wir verschieden sind, kann es auch nicht ein »normal« geben. Eigentlich nicht so schwer zu verstehen, findet Julian Hayley und hat keine Ahnung, wieso die Erwachsenen damit oft so Schwierigkeiten haben.

Nach den Ferien kommt Julian Hayley aufs Gymnasium. Da wird sie vieles noch mal neu erklären müssen. Hat sie nicht eben große Lust drauf, aber sie weiß, sie geht da nicht alleine hin. Ein paar ihrer Freund*innen kommen mit und auf die kann man sich verlassen.

»Wenn Leute einem blöd kommen, dann sind deine Freund*innen auch oft schneller und sagen, was soll das hier. Das ist hier die coole Helen oder wie auch immer man heißt oder wer auch immer man ist.« Und wenn die so was sagen, dann tut das wahnsinnig gut und macht einen stark.

Deswegen hat Julian Hayley auch eine ganz klare Botschaft an alle, die Mobbing mitbekommen. »Dass ihr, wenn ihr mal jemanden seht, der in so 'ner Situation ist und sich Scheiße fühlt, dass ihr ihm, ihr oder was auch immer, helft. Das macht total viel aus.«

---

2 Viele Menschen glauben, dass die körperlichen Geschlechtsmerkmale, die Menschen haben, ihr **Geschlecht** definieren. Das stimmt aber nicht. Es sind nur biologische Geschlechtsmerkmale. Viel wichtiger ist die Identität, also, als was sich ein Mensch fühlt. Das nennt man die Geschlechtsidentität und die ist unveränderbar. Menschen, bei denen die Geschlechtsidentität nicht oder nicht ausreichend mit dem biologischen Geschlecht übereinstimmt, werden als **trans*** oder **transgender**. bezeichnet. Die Aufteilung der Geschlechter in »männlich« und »weiblich« nennt man **binär**. Es gibt aber auch Menschen, die sich weder als männlich, noch als weiblich, oder als dazwischen oder als männlich und weiblich definieren. Diese Menschen bezeichnen sich oft als **non-binär**, **enby** oder ebenfalls als **trans***.

Julian Hayleys Manifest

- Pass auf deinen Bauch auf. Bei mir, wenn es nicht so gut ist, dann fühlt es sich an wie ein Zwerg, der mit einem großen Hammer meinen Bauch bearbeitet. Dann fühl ich, es ist irgendwas falsch.

- Sprich mal mit jemandem, dem du deine Sachen anvertrauen kannst. Und dann bau langsam 'ne Basis von Leuten auf, denen du traust. Wenn du zum Beispiel beste Freunde hast und du fühlst dich nicht so, als ob du es deinen Eltern sagen willst, dann kann man bei den Eltern auch zu dritt aufkreuzen oder zu viert, wie auch immer. Jedenfalls, dass man nicht alleine ist …

- Halt dich an deine Freund*innen. Mit denen kann man dann auch mal Leuten ihren blöden Kommentar zurückhauen und sie sogar zum Lachen bringen.

- Probier Sachen für dich aus. Nur so kannst du rausfinden, was für dich stimmt und was nicht.

- Man muss sich nicht alle Sachen, die andere Leute sagen, reinziehen. Und wenn jemandem dein Sweatshirt nicht gefällt, muss dich das interessieren? Lass dich nicht nerven. Find' deinen eigenen Style.

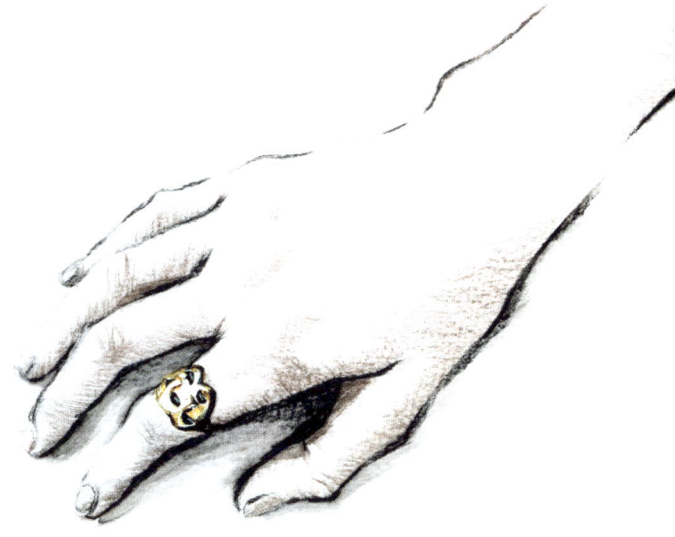

JULIAN HAYLEY, 12

spielt Lego, liebt ihre Kuscheltiere und ausgefallene Kleidung. Mit 11 machte sie ihrer Umwelt klar, dass in ihr auch ein Mädchen steckt. Sie engagiert sich für Tiere und gegen Ungerechtigkeiten und möchte, dass die Menschen endlich aufhören, immer von »normal« zu sprechen. »Wir sind nicht alle gleich und deswegen gibt es auch kein normal.«

Ich mag es, die Logik hinter der Kunst zu sehen. Deswegen liebe ich Architektur.

Suzan

Die Baumeisterin

Es ist kalt an diesem Wintertag, als wir uns in einem kleinen Berliner Café treffen. Suzan ist nervös und gleichzeitig sehr konzentriert, präsent. Ihre Stimme ist sanft, sie spricht leise und die Espressomaschine macht unserem Gespräch Konkurrenz. Trotzdem ist auf der Aufnahme später jedes ihrer Worte klar zu verstehen.

Die 19-jährige Berlinerin hat vor Kurzem Abitur gemacht und zur Überbrückung studiert sie Mathematik. Wieso gerade Mathematik? Na ja, das Talent für Mathe liegt in der Familie und sie persönlich interessiert die Logik hinter den Dingen. Schon immer. Allerdings, schränkt Suzan ein, in Mathe fehlt ihr der künstlerische Aspekt, und deswegen wartet sie darauf, zu Architektur wechseln zu können.
»Ich mag Kunst, Design, Zeichnen. Und ich mag es, zu denken. Die Logik hinter der Kunst zu sehen und zu berechnen. Da passt Architektur.«

Über die Frage, welche Gebäude es ihr persönlich angetan haben, muss Suzan nicht lange nachdenken. Sie schwärmt von der Schönheit der futuristischen Architektur Abu Dhabis. Sie erzählt von der Mall of Dubai, in der man den Sternenhimmel betrachten kann und die ihr das Gefühl verleiht, alle Länder der Welt wären an einem Ort versammelt. Auf einem Foto sieht man Suzan mit rot-schwarzem Kleid und rotem Kopftuch vor dem höchsten Gebäude der Welt, der Burj Khalifa. Völlig gedankenverloren und frei.
»Als Kind bin ich oft verloren gegangen. Das war schon immer so eine Sache bei mir. Weil, ich stand dann einfach da und habe mich in die Gebäude hineingedacht, die ich superinteressant fand«, erzählt die

Studentin lachend. »Dann bin ich richtig lange davor stehen geblieben. Und meine Familie musste immer eine Suchaktion starten: Wo ist Suzan diesmal hängen geblieben?«

Suzan ist in Abu Dhabi geboren, ihre Eltern stammen aus den palästinensischen Autonomiegebieten. Suzans Vater ist Technikingenieur und mit Frau und zwei Kindern einst nach Abu Dhabi ausgewandert, wo er stellvertretender Leiter einer Baufirma wurde. Irgendwann kamen immer mehr Aufträge aus Deutschland, sodass der Vater oft nach Berlin pendelte. Als Suzan fünf Jahre alt war, fragte der Vater die Kinder, ob sie nach Deutschland ziehen wollen. Sie wollten. Die Familie zog nach Berlin. Anfangs war das weder für die Mutter noch für die Kinder leicht. Die älteren Geschwister kämpften mit der Sprache, die Mutter verstand ihre eigenen Kinder nicht mehr.

… und außerdem bin ich der Meinung, dass der Mensch sehr lernfähig ist.

Suzan kam in eine Klasse, in der sie als »Ausländerin« ausgegrenzt wurde. Wenn sie davon heute erzählt, lacht sie und sagt Sätze wie: »Na ja, die waren selber Ausländer«, und: »Kinder, halt«, und: »Außerdem bin ich der Meinung, dass der Mensch sehr lernfähig ist. Man entwickelt sich halt.« Statt Bitterkeit strahlt die 19-Jährige eine innere Stärke aus und ist vom Guten im Menschen überzeugt.

Woher kommt diese Stärke? Auf jeden Fall aus ihrer Familie. Suzans Vater, der in seinem Leben mehrfach von vorne anfangen musste, ist

Suzans großes Vorbild. Er hat nicht nur seine Liebe zur Mathematik an die Töchter und Söhne weitergegeben, sondern auch seine Zielstrebigkeit und die Fähigkeit zur Toleranz.

Und dann sind da ihre Geschwister. Suzan ist das »mittelste« Kind. Sie hat vier ältere und vier jüngere Geschwister. Anfangs hat sie sich dafür geschämt, wenn sie zu elft durch die Straßen gelaufen oder essen gegangen sind, und es konnte nervig sein, sein Zimmer zu teilen. Aber viel stärker als den Stress sieht Suzan die gegenseitige Unterstützung.

»Wenn man Probleme hatte oder Schwächen in Fächern, dann waren die anderen für einen da und haben einen unterstützt. Da hat jeder so seinen Anteil geleistet und hat geholfen.«

Du lernst zu schätzen, was du hast!

Auch die vereinzelten Besuche bei Verwandten in den palästinensischen Gebieten haben Suzan sehr geerdet. Stromausfälle, veraltete Technik und eine Situation, in der Frauen sich kaum alleine aus dem Haus trauen, haben sie sehr nachdenklich gemacht.

»Wenn man das miterlebt, dann ändert sich deine Einstellung. Du fragst dich, was ist wirklich wichtig und was nicht?« Sie nimmt sich vor, später zu helfen, wenn sie Geld verdient.

Suzan ist mit 19 ganz schön erwachsen. Eine Frau, die drei Welten gesehen hat und die froh ist, in Berlin zu leben. Sie weiß, was sie will. »Ich möchte lernen, ich möchte verreisen, ich möchte arbeiten, ich möchte Sachen machen, die mir gefallen.« Suzan erhält ausgesprochen viel Rückhalt von ihrer Familie. Sie ist unabhängig und frei.

Genau das wird ihr aber immer wieder abgesprochen. Allein aufgrund der Tatsache, dass sie ein Kopftuch trägt. »Meine ältere Schwester hat Kopftuch getragen und ich fand's immer voll schön als Kind und dann habe ich zu ihr aufgesehen und später habe ich mich auch dafür entschieden.«

Wenn Suzan über die Reaktion auf diese Entscheidung spricht, merkt man ihr an, dass sie es von sich fernhalten muss. Sie redet in der dritten Person. »Am Anfang war das so, dass man sich diese Bemerkungen zu Herzen nimmt, aber inzwischen denkt man, das sind einfach intolerante Menschen.«

Leider begegnet ihr diese Intoleranz immer wieder. »Erst kürzlich war ich mit einer Freundin unterwegs und da kam ein wildfremder Mann und sagte: ›Hey, ich möchte dich von deiner Religion befreien, zieh am besten dein Kopftuch ab und komm mit mir‹.«

Was für ein Übergriff, der so gar nichts mit Freiheit zu tun hat. »Man entwickelt eine starke Persönlichkeit, weil man für etwas kämpft, das man gerne macht«, sagt Suzan. Es wäre schön, sie müsste das nicht dauernd beweisen.

Was wünscht sie sich selbst? Weniger Klischees und mehr Toleranz in den Köpfen der Menschen. Und etwas eigennütziger: »Oft schaue ich mir Gebäude an und träume, wie man die besser machen könnte. Und ich würde so gerne Sachen, die ich in Abu Dhabi gesehen habe, hier in Berlin einbringen. Dann würde ich mit meinen Freunden durch die Stadt laufen und sagen, siehst du, hier, das hab ich entworfen.«

Korrekturen am Shopping-Center

Von meinem Fenster aus schaue ich auf zwei große graue Shoppingcenter.

Die habe ich dann einfach mal zum Spaß abgezeichnet mit der Sonne,
die sich darin spiegelt.

Um mich herum ist es eigentlich total laut. Die Geräusche von hupen-
den Autos, die S-Bahn, die permanent an meiner Wohnung entlang-
zischt und zudem noch meine große lautstarke Familie.

Dennoch gelingt es mir, das alles für einen Moment auszublenden und
mich in meine Projekte zu vertiefen. Ich sitze also da und starre die
beiden Shoppingcenter an.

Mir fehlt die Verbindung vom dem einem Center zum anderen und
eine weitere Etage, auf der die Besucher eine Aussicht auf die Umge-
bung haben, den Moment genießen können. Ich arbeite also am Über-
gang, optimiere den Umriss, um Mehrdimensionalität zu erzeugen und
baue noch ein bisschen weiter.

Natürlich, alles rein visionär.

Mein Bruder denkt, ich starre in die Leere.

Aber nein, ich denke nur, man könnte das so viel besser machen.

Ich frage mich ständig, was man noch verbessern kann.

Ich hoffe auch, dass ich in naher Zukunft in der Lage bin, meine Visio-
nen in die Realität umsetzen zu können.

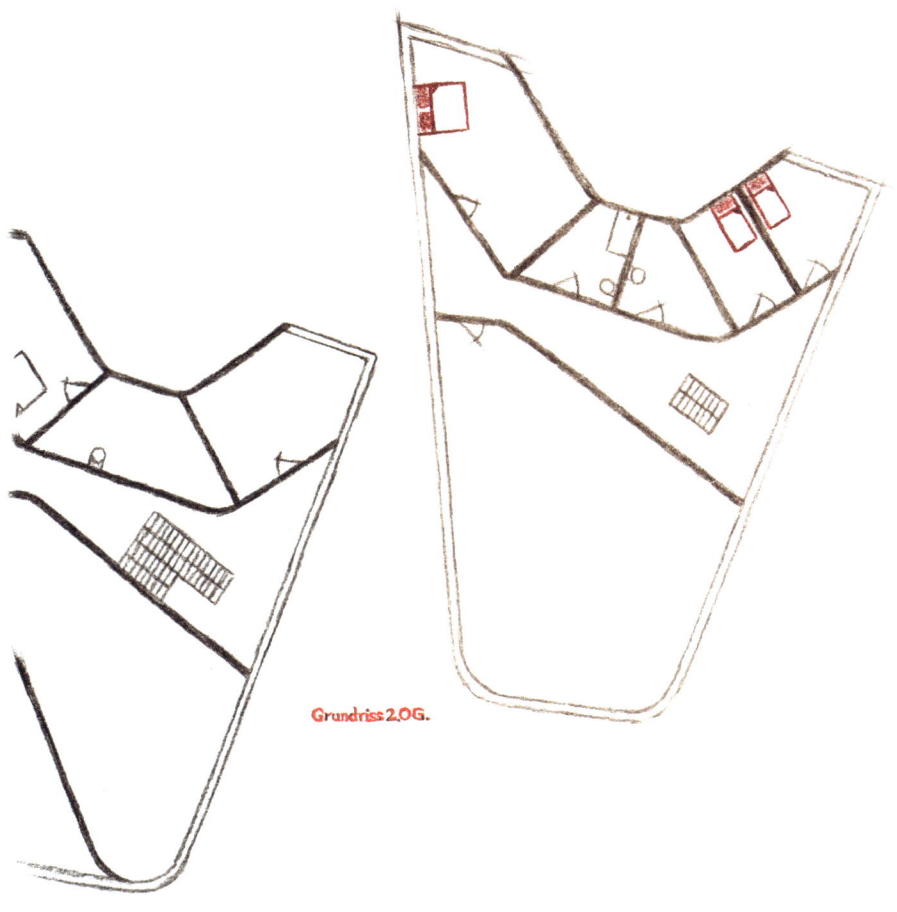

Grundriss 2.OG.

ist die Mittelste von neun Kindern. Sie wurde in Abu Dhabi als Kind palästinensischer Eltern geboren. Als Suzan fünf ist, zieht die Familie nach Berlin. Bis heute hat sie aufgrund ihres Kopftuchs mit Ausgrenzung zu kämpfen. Suzan studiert Mathematik, will Architektin werden und Berlin mit neuen Gebäuden bereichern.

Also Freundschaft ist
für mich, dass man immer
füreinander da ist.

Tiara

DIE DOLMETSCHERIN

Spätestens um sechs ist Tiaras Nacht vorbei. Wenn sie auf ihre kleine Schwester aufpassen muss, kann es auch schon mal noch früher sein. Dann vibriert ihr Bett und Tiara springt auf. Um sieben kommt das Auto, das sie nach Berlin zur Schule bringt. Sechs bis acht Schulstunden später macht sie sich mit öffentlichen Verkehrsmitteln wieder auf den Heimweg. Vor 17 Uhr ist sie selten zurück. Je nach Stundenplan oder Baustellen bei der S-Bahn dauert es auch manchmal noch länger.

Tiara nimmt es gelassen. »Ist schon okay, ich hab mich dran gewöhnt.« Die 15-Jährige lebt mit Mutter, Stiefvater und der kleinen Halbschwester in einem Dorf nordöstlich von Berlin. Es gefällt ihr, Natur um sich zu haben und gleichzeitig in Berlin auf eine Schule zu gehen, an der sie gut lernen kann und Freunde hat, die sie respektieren.
Das war nicht immer so. Auf der Grundschule in der nahen Kleinstadt kam Tiara nicht klar. Vieles rauschte an ihr vorbei, die Lehrer*innen gaben sich nicht viel Mühe und bei ihren Mitschüler*innen stieß sie auf Vorurteile. Schon in der ersten Klasse gingen Tiaras Noten in den Keller. Dabei ist sie jemand, die extrem gut lernt.

Tiara wurde gehörlos geboren. Mit zwei Jahren wurde sie operiert und bekam an einem Ohr ein Cochlea-Implantat, kurz CI, eingesetzt. Mit fünf Jahren folgte das Implantat im zweiten Ohr. Für Tiara begann damit die schwierige Aufgabe, hören und sprechen zu lernen. Denn obwohl das Implantat für eine grundsätzliche Hörfähigkeit sorgt, muss das Gehirn den einströmenden Geräuschbrei erst einmal sortieren. Tiara holte also nach, womit hörende Kinder schon im Bauch der Mutter beginnen. Und auch das Sprechen war für sie viel schwieriger zu erlernen. »Viele sagen, dass ich großes Glück gehabt hab, dass ich so gut sprechen kann, obwohl ich meine CIs spät bekommen habe«, erklärt Tiara. »Aber ich lerne einfach schnell«, fügt sie selbstbewusst hinzu. Und sie ist ihrer Mutter dankbar, dass sie sich trotz ihres harten Jobs als Krankenschwester sehr für ihre Sprachförderung engagiert hat.

Heute sind die CIs für sie so normal wie für andere die Brille. »Klar gibt es immer Nachteile«, erklärt Tiara. »Die Nachteile sind natürlich, dass ich nicht so gut hören kann, und ich mich immer sehr konzentrieren muss, um zu verstehen. Und es gibt so ein paar Sachen, die sind ein bisschen komplizierter.

Also, zum Beispiel, wenn wir schwimmen gehen, kann ich nicht einfach mit dem CI reingehen. Früher musste ich das CI abmachen, bevor ich ins Wasser konnte. Das war dann immer doof, weil ich nichts gehört hab. Aber jetzt gibt es so eine Hülle, die man an das CI ranmachen kann. Da braucht man einen extra Akku, aber dann geht das schon.«

Daran hat sich Tiara gewöhnt. Woran sie sich nicht gewöhnen mag, sind Vorurteile gegenüber gehörlosen oder schwerhörigen Menschen. »Das kann ich gar nicht leiden, wenn mich einer vorverurteilt, ohne mich zu kennen.«

Nach kurzem Schweigen fügt sie hinzu: »Aber ich hab auch Vorteile. Ich kann umsonst Bahn fahren und ins Kino. Und ich kann nachts gut schlafen. Mich weckt keiner so schnell.«

Als Tiara in der zweiten Klasse war und ihre Noten immer schlechter wurden, fuhren Mutter und Tochter zu einer Schule nach Berlin, in der man ein Bewusstsein für Schüler*innen hat, die nicht so gut hören. Schon bei der Sitzordnung wird darauf geachtet, wo die Kinder ihr besseres Ohr haben. Denn trotz Implantaten ist nicht immer alles gut zu verstehen. Krach im Klassenzimmer kann eine Qual sein, weil räumliches Hören besonders schwer ist und man das Mundbild des Sprechenden nicht sehen kann, wenn viele im Weg sind. Noch während des Schuljahres wechselte Tiara an die Berliner Schule. Sofort verbesserten sich ihre Noten. Das Lernen machte ihr endlich wieder Spaß.

An der Schule redet Tiara nicht lange um den heißen Brei. Wenn ihr etwas nicht gefällt, dann sagt sie das.

»Manchmal bin ich 'nen bisschen direkt. Wenn ich 'nen Problem hab oder so, dann sag ich das auch, was ich nicht gut finde.« Vor allem aber hat Tiara gelernt, für sich zu sorgen. Manchmal im Unterricht, wenn alle durcheinanderreden oder der Lehrer undeutlich ist, kriegt Tiara nichts mit. Was doof ist.

»Ich bin ja nicht die Einzige, die in meiner Klasse gehörlos ist. Aber manche können es nicht richtig ausdrücken, wenn sie was nicht verstehen, oder sie sind viel zu schüchtern.« Aus Schüchternheit etwas im Unterricht zu verpassen, das man dann vielleicht braucht? Das ist nicht Tiaras Sache. Lieber mal was komisch ausdrücken, als Sachen nicht zu kapieren, ist ihre Devise. Lernen ist schließlich anstrengend genug. Ein bis zwei Stunden sitzt sie im Schnitt an den Hausaufgaben. Und wenn mal wieder eine LEK in Geschichte fällig ist, kann es auch länger dauern. Zeit für aufwendige Hobbys bleibt da nicht. Aber Tiara kann damit leben. Das Wichtigste sind ihre Familie und ihre Freunde. Wenn die Mutter im Spätdienst und der Stiefvater als Polizist oft lange unterwegs ist und keine Zeit hat, kümmert sich Tiara um ihre vierjährige Schwester.

Sie findet das gar nicht schlimm. Man sorgt halt füreinander. Mit den richtig guten Freunden ist das genauso. »Es gab auch schon so 'ne Situation für meinen Kumpel, dass er Stress zu Hause hatte und da hab ich mich natürlich für ihn eingesetzt und ihm erlaubt, bei mir zu wohnen. So was mach ich schon.« Da muss man nicht lange drüber reden.

Die Menschen sollen mal nicht so schnell verurteilen, sondern andere erst mal kennenlernen.

Gerade hat Tiara die Prüfung für den mittleren Schulabschluss geschafft. Nächstes Schuljahr kommt sie in die Oberstufe und dann steht das Abitur an. Vielleicht wird sie später als Gebärdendolmetscherin arbeiten. Das könnte sie sich gut vorstellen. Manchmal macht sie das auch heute schon, in der Schule. Sie selbst braucht eigentlich keine Gebärde, hat aber trotzdem einen Kurs gemacht.

»Ich benutz Gebärde meistens mit denen, die Probleme haben zu hören. Dann gebärde ich auch mal nebenbei, um zu helfen«, erklärt Tiara, die mühelos zwischen Sprechen und Gebärden hin und her wechseln kann. Vielleicht wird sie auch was mit Kindern machen. Mit denen kann sie nämlich sehr gut. Wichtig ist ihr, etwas gegen Vorurteile zu tun. Tiara wünscht sich, dass Menschen andere nicht so schnell verurteilen, sondern sich erst mal richtig kennenlernen.

Gedanken auf dem Weg nach Hause

Wenn ich mit der Bahn nach Hause fahre, beobachte ich gerne Menschen.

Was sie wohl denken? Von wo kommen sie und wo wollen sie jetzt hinfahren?

Was erwartet sie zu Hause? Haben sie eine Familie?

Ich stell mir dann gerne vor, wie ihr Leben ist.
Der eine Mann ist auf dem Weg nach Hause zu seiner Familie,
während eine andere Frau rausgeht, um Musik zu machen.
Vielleicht spielt sie in einer Band.

Natürlich beobachte ich nicht immer Menschen.
Manchmal gibt es Tage, wo ich einfach nur Musik höre und über gar nichts nachdenke. So, als würde ich für einen kurzen Moment meine Welt abschalten und um mich herum sind keine S- oder U-Bahn-Geräusche, keine Lautsprecheransagen, keine Gedanken an Schule oder Familie.
Alles um mich herum ist still, nur ich und die Musik existieren.

TIARA, 15

ist lange unterwegs, um zur Schule und zurück zu kommen. Aber das ist in Ordnung für sie, weil dort darauf Rücksicht genommen wird, dass ihr das räumliche Hören trotz Implantat manchmal schwerfällt. An ihrer neuen Schule haben die Leute keine Vorurteile. Das ist gut. Denn Vorurteile kann Tiara gar nicht leiden.

Ich gehe wahnsinnig
gern in die Oper.
Das hilft mir total in
schwierigen Situationen.

Rabea

Gerade ist Rabea in Bogotá zu Hause. Nicht im Reichenviertel der kolumbianischen Hauptstadt, wo die Leute von der deutschen Botschaft wohnen. Rabea lebt »mit den normalen Kolumbianern in einer WG«, dort, wo die Wohnungen bezahlbar sind. Jeden Morgen und jeden Nachmittag fährt sie, wie alle »normalen Kolumbianer« auch, mit dem Bus durch die Stadt.

Als Rabea vor ungefähr einem Jahr die Zusage bekam, mit dem Kulturfreiwilligendienst der deutschen UNESCO-Kommission ins Ausland zu gehen und Bogotá oder Lima zur Auswahl standen, lautete die spontane Reaktion ihrer Mutter: »Auf keinen Fall Kolumbien.« Ihre Sorge war nicht unbegründet. Die Straßenkriminalität ist hoch, die Armut ebenso, der Friedensvertrag zwischen der kolumbianischen Regierung und den Farc-Rebellen noch ganz jung. In manchen Teilen des Landes regieren die Paramilitärs und Guerillas.

Aber Rabea hat keine Angst. Nicht, dass sie leichtsinnig wäre. Wenn es dunkel wird, und das ist in Bogotá relativ früh am Abend, geht sie nicht allein aus dem Haus, sondern wird von kolumbianischen Freund*innen begleitet.
Auf der Straße bleibt das Handy in der Tasche und sie käme auch nicht auf die Idee, sich wie in Berlin Musik auf den Kopf zu packen. Das unauffällige Checken, wer gerade neben ihr steht, ist ihr zur selbstverständlichen Gewohnheit geworden. Das macht sie quasi automatisch, aber sie lässt sich davon nicht ihr Leben diktieren. Sie fühlt sich wohl und sicher und liebt Bogotá, die »geniale Stadt«. Wenn sie freihat, fährt

sie auch schon mal stundenlang mit dem Bus, um aus dem Landesinneren ans Meer zu kommen.

Eine andere Freiwillige, die mit ihr zusammengearbeitet hat, hat das Jahr verkürzt und ist vorzeitig zurück nach Deutschland. Sie hat unter den kulturellen Unterschieden gelitten und fühlte sich enttäuscht. Die beiden haben viel miteinander geredet. »Also, ich hatte natürlich einen total großen Vorteil, ich spreche Spanisch. Sprache gibt dir insgesamt total viel Sicherheit. Und ich fand, die Leute sind ziemlich offen und freundlich hier. Auf der anderen Seite kenne ich natürlich auch so diese Art, Sachen einfach ein bisschen schöner zu verpacken, deshalb war ich nicht so enttäuscht.«

Rabea hat die ersten 16 Jahre ihres Lebens mit ihren Eltern und ihren beiden jüngeren Geschwistern in Spanien gelebt. »In einem verlorenen kleinen Dörfchen in den Pyrenäen. Wir sind auf dem Land groß geworden, das war ziemlich traditionell, ziemlich katholisch geprägt. Also nicht meine Familie, aber um uns herum. Ich bin halt so mit Schäfern und dem ganzen Zeugs aufgewachsen.« Als Kind fand Rabea das toll, hätte nirgendwo anders leben wollen. Bis heute prägt sie eine tiefe Verbundenheit zur Natur.

Spanisch ist Rabeas erste Sprache, auch wenn die aus Hamburg stammende Mutter mit den Kindern Deutsch spricht. »Na ja, das war mehr so ein familiärer Dialog«, schränkt die heute 19-Jährige ein. »Unser Deutsch war echt schlecht. Ich hab total viel gelesen damals und auch ziemlich schnell, aber natürlich nie auf Deutsch, da wäre Lesen gar kein Genuss gewesen, da war ich zu faul.«

Wenn man nur ein bisschen anders war,
dann wurde das sehr schlecht
aufgenommen.

Sie hat die Zeit auf dem Land immer noch in sehr guter Erinnerung, aber mit zwölf, dreizehn begann sie die Enge und die null Toleranz für Andersdenkende zu nerven.

»In Spanien ist es halt total verbreitet, dass man in Gruppen geht, und ich konnte damit nie so richtig umgehen, weil, ich war da nie so richtig drin und hab auch ein paarmal stärkere Auseinandersetzungen gehabt.«

Heute weiß Rabea, dass sie kein Bedürfnis nach großen Gruppen hat. Aber damals war es schwer, dem zu entkommen. »Es waren halt alle immer zusammen unterwegs und alle kannten alle und man überlegte sich genau, was man sagte und was nicht.«

Rabea machte trotzdem den Mund auf, als eine Freundin schlecht behandelt wurde. Und brach damit ein Tabu. »Das durfte man angeblich auf gar keinen Fall machen und die Situation ist dann ziemlich schnell eskaliert.«

Als die Eltern sich trennten und die Mutter mit den Kindern nach Berlin zog, hatte Rabea trotzdem das Gefühl, dass alles, was sie kannte, plötzlich weg war.

»Und es war halt auch nicht weg und dann kam stattdessen was Gutes, sondern es gab erst mal viele Probleme. Es war kein fairer Tausch.«

Ungefähr eineinhalb Jahre nach der Ankunft in Berlin bemerkte Rabea, wie schlecht es ihr ging. Sie ging zu ihrer Mutter und erzählte ihr, dass sie nicht mehr weiter weiß. Sie hatte eine Depression und eine Essstörung.

»Damals war mir nicht so richtig klar, was da los war, und ich glaube, es war ein Versuch, von irgendwoher 'ne Form von Kontrolle zu holen, also irgendwas, das man einfach im Griff hat.« Rabeas Mutter fand eine Psycho-Therapeutin für ihre Tochter und langsam, ganz langsam wurde es besser.

Was Rabea zusätzlich geholfen hat, ist das Kulturangebot Berlins. Die Familie hatte nicht viel Geld, aber die Kinder bekamen einen berlinpass, mit dem Rabea an der Abendkasse eine günstige Karte erhielt und regelmäßig in Opern und Konzerte ging.

»Ich kann mich erinnern, wenn ich da wieder raus war, ging es mir nicht supergut, aber total viel, viel besser.«

Ihre eigenen Erfahrungen haben Rabea dabei geholfen, sich zwischen verschiedenen Kulturen zu bewegen. Große Gruppen findet sie mittlerweile ab und zu erfrischend und lustig, nur als Dauerzustand nicht aushaltbar. Ihre Fähigkeit, Dinge beim Namen zu nennen, hat sie nicht verlernt. Im Moment unterrichtet sie im Auftrag des Goethe-Instituts Deutsch.

»Aber es hat sich gerade empirisch bewiesen, dass ich niemals Lehrerin werden will.« Die Kinder sind nett, sie versteht sich gut mit ihnen, doch gleichzeitig ist sie sich der großen Verantwortung bewusst, die man als Lehrerin gegenüber Kindern hat. Wenn sie nach Berlin zurückkommt, wird sie erst mal für sich versuchen, die Welt zu verstehen. In der Oper und mit einem Politikstudium.

BLICK AUS DEM BUS IN BOGOTÁ

… eine Hand bewegt sich nach
oben. Draußen fällt ein kleines Kind hin, ein
Autofahrer tritt hastig in die Bremse, eine Frau ruft
die Preise für gereifte Mangos in den beißenden
Abgasqualm. Zwei Mädchen kichern einem jungen
Mann hinterher, aus Müllsäcken quillt gelbe
Flüssigkeit in die Gosse, jemand packt einen
schmierigen rosa Schein in seine morsche Kasse.
Die Hand bleibt schwebend vor einem Busfenster
stehen, schwerelos, fliegend. Im Zeitraum des kleinen
Fahrzeugs ist die nächste Bewegung noch
unbestimmt. Man wartet.
Und mit einem kleinen Flackern, fast zweifelnd,
gleitet sie wieder nach unten, zwei Luftwände
trennend.
Es schweigt ein Ladenverkäufer um die Ecke, eine
Schweißperle beginnt die Reise über die Stirn
eines Müllsammlers, das Öl der Fritteusen brutzelt zornig,
wenn die Empanadas reingeworfen werden. Ein Paar
kauft welche, sie beißen in das warme, tropfende

Gebäck, wischen sich mit dem Jackenärmel das
Fett ab.

Die Zeit schläft wieder, die Finger ruhen auf dem
abgenutzten, glänzenden Plastikbezug der Sitze. Die
Ampel bleibt auf Rot, keine Taube fliegt vorbei, ein
zertretener Kaugummi klebt am Asphalt. Man schaut.
Ein Blick trifft meinen – lethargisch, wässrig, müde.
Der Bus, der nicht weiterfährt, lässt den kleinen
Jungen raus. Die Hände baumeln an beiden Seiten
seiner Jeans.

Die Ampel schaltet auf Grün und Wind weht durchs
Haar.

RABEA, 19

hat eine deutsche Mutter und einen spanischen Vater. Als sich die Eltern trennen, gerät sie fast unter die Räder. Sie kämpft mit Trennung, Depression und Magersucht. Was ihr hilft, ist die Oper. Nach dem Abitur geht sie erst mal nach Kolumbien, wo es ihr sehr zugutekommt, dass sie in zwei Kulturen aufgewachsen ist.

Man muss ein bisschen
größenwahnsinnig sein,
um was erreichen
zu können.

Marie

Die Chefin

Gerade hat Marie eine neue Seite an sich entdeckt: Sie bestimmt gern. Im Frühjahr leitete sie mit ihrer Mutter einen Jugendfilm-Workshop. Wie von selbst übernahm sie die Rolle der Regisseurin. »Ich hab das voll an mich gerissen, wie wir die Geschichte erzählen, die Szenen aufbauen und wer was macht. Ich bin da total aufgegangen und es hat mir superviel Spaß gemacht.« Die Mutter sagt, Marie kann führen. Die Jugendlichen haben sie als Ansprechpartnerin ernst genommen und sich gerne von ihr lenken lassen. Marie spielt mit dem Gedanken, das Regieführen zu ihrem Beruf zu machen. Noch findet sie das ziemlich ungeheuerlich. Sie als Chefin. Das klingt so negativ. Keine Rolle, in der man sich als Frau gerne zeigt.

Normalerweise ist Marie auch selbst ihre schärfste Kritikerin. Bevor ihr einfällt, was sie gut gemacht hat, findet sie erst mal eine Menge an sich auszusetzen. Gleichzeitig regt sich ihr Widerstandsgeist. Wieso muss frau sich eigentlich immer klein machen? Und wieso soll sie nicht bestimmen dürfen?

In der Schule ging es jedenfalls gar nicht. Eigen sein, eine Meinung haben und diese auch selbstbewusst vertreten, das fanden Maries Eltern gut.

Nicht aber ihre Mitschüler*innen. Jahrelang kriegte Marie zu spüren, dass sie sich anzupassen hat. Glücklicherweise gab es neben der Schule noch den Literaturclub, bei dem ihre Meinung gefragt war. Ein Jahr lang war sie auch in der Berlinale-Jugendfilmjury. Das Debattieren und das Ringen um Ergebnisse fand sie großartig. Es kam darauf an, was sie und die anderen zu sagen hatten.

Vor Kurzem hat Marie angefangen zu studieren. Und ziemlich schnell gemerkt, dass in der Uni viele junge Frauen ähnlich agieren wie sie, sehr kritisch nämlich, was ihr eigenes Können betrifft. Sie spielen sich selbst herunter.

»Bei den männlichen Studenten ist es viel öfter so, dass sie sich überschätzen und sagen, das kann ich alles.« Was natürlich auch ein komisches Selbstbild ist, aber vielleicht »muss man ein bisschen größenwahnsinnig sein, um was erreichen zu können.« Marie kämpft und versucht, den Größenwahnsinn zu lernen. Wobei der Wahnsinn für sie nur in der Kombi mit kritischem Denken Sinn macht.

Das wird Marie immer klarer, seitdem sie aus Sri Lanka zurück ist. Direkt nach dem Abi war sie ein Jahre lang mit dem Freiwilligendienst der UNESCO in Colombo und hat dort unterrichtet. Mit 17 wusste sie nur, dass sie mal raus wollte, die Welt entdecken. Und Asien war der absolute Traum. Auch im Rückblick. Marie hat tolle Erfahrungen gemacht, spektakuläre Natur gesehen, eine der Landessprachen gelernt, viel Yoga praktiziert und neue Freundschaften geschlossen.

> *Einfach nur, weil ich weiß bin und*
> *weil ich aus Deutschland komme,*
> *hab ich halt das Recht, hier zu lehren.*

Das ist die eine Seite. Die andere ist etwas schwieriger. »Ich habe im Goethe-Institut in verschiedenen Klassen den Deutschunterricht unterstützt. Was ich heftig fand, weil niemand das hinterfragt hat. Dabei bin ich keine Lehrerin, ich bin nicht qualifiziert dafür, dass Leute Geld dafür zahlen, sie zu unterrichten.« Das Ganze wurde auch dadurch nicht besser, dass sie als Freiwillige für Berliner Verhältnisse zwar wenig, aber doch fast genau so viel verdiente wie die heimischen Lehrer*innen. Mit dem kleinen Unterschied, dass diese bereits ein Studium hinter sich hatten und von dem Gehalt oftmals eine Familie ernähren mussten.

Marie stellte sich die Situation einfach mal umgekehrt vor: »Niemals würde der Staat Sri Lanka seinen jungen Menschen ein bisschen Geld geben, damit sie nach Deutschland gehen und dort Sinhala oder Tamil unterrichten. Und niemals würden die Deutschen mit großer Begeisterung in die Kurse zu den unausgebildeten Jugendlichen rennen und dafür auch noch viel Geld bezahlen.«

Marie ist privilegiert aufgrund ihrer Hautfarbe und aufgrund ihres Geburtsorts Deutschland. »Es ist ein krasses Privileg, wo ich reingeboren bin und wo ich nichts dafür gemacht habe.« Es ist gar nicht so einfach, damit umzugehen. Marie findet es trotzdem wichtig, sich damit auseinanderzusetzen.

Auch in Berlin, wo sie heute studiert. »In Sri Lanka musste ich immer kniebedeckt und schulterbedeckt tragen und keine Ausschnitte. Und keine engen Sachen. Ich hab das für mich angenommen und umgesetzt, weil ich mich sonst nicht sicher gefühlt hätte.« Nach ihrer Rückkehr ist Marie froh, wieder die Freiheit zu haben, so viel oder wenig zu tragen, wie sie es gerade möchte. »Einfach, weil ich es schön finde.«

Und trotzdem ist es der Studentin wichtig zu erklären, dass in Europa nicht alles gut und in Asien alles schlecht ist, wenn es um Frauen und ihre Körper geht. Denn ein bisschen hat sie sich in Colombo auch befreit gefühlt. Sie musste sich nicht jeden Tag entscheiden und als Frau neu inszenieren. Durch ihren Aufenthalt in Sri Lanka ist Marie deutlich geworden, wie sehr sie durch die Gesellschaft darauf konditioniert worden ist, schön zu sein.

»Zum Beispiel hab ich in Sri Lanka total zugenommen und mir ging's richtig gut. Ich hab Sport gemacht, ich hab gearbeitet, ich hab mich wohlgefühlt. Dann bin ich wiedergekommen nach Deutschland und das Erste, was mir alle Frauen sagen, die ich wiedertreffe, war: »Oh, du hast ja so krass zugenommen.« Im Laufe eines halben Jahres verlor sie das Gewicht wieder. Marie wünscht sich, dass Mädchen und Frauen jeden Alters sich endlich gegen dieses makellose, immer schlanke Frauenbild wehren. Und dass überhaupt der Körper von Frauen nicht immer zur Debatte steht.

Allerdings reicht es ihrer Meinung nach nicht, nur am Frauenbild zu arbeiten. »Da muss man auch darüber reden, wie Männer erzogen werden. Welche veralteten Rollen und Ideale werden Männern immer noch aufgedrückt?« Es kann schön sein, wenn Männer aus ihren Rollenmustern ausbrechen. Das merkt Marie in der Beziehung zu ihrem Freund. »Ich finde es toll, dass er nicht immer der Große sein muss, sondern auch zugeben kann, wenn er sich klein fühlt. Das ist doch auch für Männer eine Befreiung. Und für mich macht es ihn umso stärker.«

Vor dem Spiegel in einer schlaflosen Nacht

Das ist dein Gesicht, dein Körper. Deine Hülle für dein jetziges Leben: Weiblich, weiß, jung, Brillenträgerin. Augenringe, einen Herpes auf der Lippe, verstrubbelte Haare.

Ich gehe näher ran. Streichle mein Gesicht. Fahre über die Linien meines Körpers, der Spiegel beschlägt von meinem Atem.

Du weißt nicht, was da in dieser Hülle steckt. Du bist auf jeden Fall nicht leicht zu lieben. Du bist störrisch, lässt dich nicht gerne zuordnen, mal Anarchistin, dann Kapitalistin, mal Klassikliebhaberin oder Techno-Raverin, dann schüchternes Mauerblümchen und wieder pessimistische Rechthaberin. Du kennst Caravaggio, Rembrandt, Hieronymus Bosch und Cranach; du weißt, wie sich die Angst vor dem Schwangerschaftstest anfühlt, wie Kritik von einem geliebten Menschen auf einen einpeitschen kann. Du weißt, wie Liebe einen in die Lüfte heben kann. Du bist ein Angsthase, setzt gerne alles auf eine Karte, schließt deine Augen und springst. Manchmal trauen sich deine Lippen bestimmte Worte nicht zu formen, manchmal springen sie einfach nur so heraus.
(…) Du weißt nicht, was morgen kommen wird. Jeden Tag stehst du wieder auf, und deine Füße, deine Beine tragen dich, wohin du willst. Dein Körper ist gezeichnet. Narben, un- und sichtbare. Von manchen erzählst du stolz, andere willst du nicht einmal dir selbst eingestehen. Deine unzähligen Tränen- und Schweißströme zeichnen ein Spinnennetz auf deinen Körper. Da sind Stoppeln, weiße Streifen, Leberflecke. Deine Haare stellen sich auf, ich erzittere.

Das bist du. Und doch bist du auch so viel mehr. Du bist nicht schön. Du bist einzigartig. Jetzt hier in dem Moment, nie wieder wirst du diese Person im Spiegel sein. Denn du wirst dich verändern, in jedem Moment. Du bist ein Prozess. Manchmal wird es sich anfühlen, als ob du auseinanderfällst, manchmal wirst du alles am rechten Platz finden. Viel zu oft wirst du deine Augen nicht von dir lassen können, ab und zu gönnst du dir nicht mal einen Seitenblick.

Doch du liebst. Akzeptierst die Ungewissheit, die Kämpfe. Es ist nicht einfach, und es wird auch nie einfacher. Du schaust dich an, und dein Lächeln wächst über dich hinaus. Du bist widersprüchlich, du machst Fehler. Dieser Körper ist ein Käfig, aber es ist dein Käfig. (…)

Auszug aus Maries Text *Liebe Heidi Klum, scheiß auf Schönheit*, zuerst erschienen in www.sai-magazin.de, März 2019

MARIE, 19

Die Zeit in Sri Lanka hat ihren Blick verändert. Nicht nur, weil sie Armut und Müllberge gesehen hat. Das Auslandsjahr hat ihren Blick geschärft. Für die Privilegien, die sie genießt, aber auch dafür, dass sie als Frau stets kritisch gegenüber den eigenen Fähigkeiten sein soll. Ist Selbstvertrauen größenwahnsinnig? Und wieso meinen eigentlich alle ständig, Frauen auf ihr Aussehen ansprechen zu dürfen?

Ich mag es hier,
weil es mehr Freiheit gibt.
Du darfst sagen, was
du willst. Und wir dürfen
zur Schule gehen.

Reyhane

Reyhane lacht viel. Das ist ihr Hobby. Sie lacht, wenn ihre kleinen Geschwister mal wieder »zickig sind« und sie beim Lernen stören. Sie lacht mit ihrer Freundin, wenn sie gemeinsam mit ihren Müttern auf dem engen Zimmer hocken. Dann kriegt sie Kicheranfälle über den größten Blödsinn. Lachend erzählt sie darüber, wie es beim Kennenlerntag der neuen Schule im Park plötzlich aus heiterem Himmel regnete und sie alle klitschnass nach Hause geschickt wurden.

Ihr Zuhause, das ist ein altes Bürogebäude mitten in einem Berliner Gewerbegebiet – ein Kaufland um die Ecke, eine Ausfallstraße, Lagerhallen. Früher wurden in dem Haus, in dem sie wohnt, Leuchtreklamen hergestellt. Heute sind hier 250 Menschen aus den verschiedensten Ländern der Welt untergebracht. Die 15-jährige Reyhane, ihre Eltern und die drei jüngeren Geschwister leben zusammen in zwei schmalen Zimmern. Eine eigene Küche und ein eigenes Bad haben sie nicht. Auf ihrem Stockwerk wohnen insgesamt zehn Familien, die gemeinsam zwei Küchen nutzen und sich die sanitären Anlagen teilen. »Würden hier 250 Deutsche so eng zusammen wohnen, die hätten sich schon lange gegenseitig umgebracht«, sagt einer der ehrenamtlichen Unterstützer der Unterkunft.

Reyhane sagt: »Es ist schon manchmal schwer. Meine Schwestern haben ja nicht so viele Hausaufgaben wie ich. Und dann gehen sie raus, spielen und bringen ihre Freunde mit aufs Zimmer. Deswegen kann ich mich nicht so viel konzentrieren.«

Aber sie lässt sich davon nicht unterkriegen. Früher, in der Grundschule, als es noch Hortbetreuung gab, ist sie oft länger in der Schule geblieben und hat mit einer Freundin auf dem Schulhof Hausaufgaben gemacht. Jetzt, in der Oberschule, geht das nicht mehr, aber wenn ihr der Kopf allzu sehr dröhnt, fragt sie die Security-Leute, ob sie in dem früheren Schulungsraum lernen darf. Manchmal klappt's.

Mehr als vier Jahre wohnt die sechsköpfige Familie jetzt schon in der Unterkunft. Ein Ende ist nicht in Sicht. Manchmal schaffen es Helfer, auf dem Berliner Wohnungsmarkt eine freie Wohnung zu finden. Wenn Reyhanes Eltern dann zur Besichtigung kommen, heißt es, man vermietet nur an Deutsche. Reyhanes Vater gibt die Suche trotzdem nicht auf.

Für Reyhane ist das Wichtigste die Schule. Sie hat einen heiß um-kämpften Platz an einer evangelischen Privatschule bekommen. Dass der Schulbeginn in der Kirche gefeiert wird, stört sie nicht, obwohl sie selbst Muslimin ist. Hauptsache, sie kann lernen.

»Meine Lieblingsfächer sind Mathe und Sport. Eigentlich hassen alle Mathe, aber ich weiß nicht, warum. Ich mag einfach Mathe, weil man sich konzentrieren muss. Wenn ich ein neues Thema habe, dann ver-stehe ich es erst nicht. Ich sitze an einer Aufgabe und muss viel zu viel nachdenken. Dann komme ich am nächsten Tag wieder in die Schule und es kommt eine ähnliche Frage und plötzlich verstehe ich, wie es geht. Das mag ich an Mathe.«

Dass sie dieses Glück erleben kann, an einer Aufgabe zu arbeiten, bis sie die Lösung gefunden hat, ist für Reyhane nicht selbstverständlich. Geboren wurde sie vor 15 Jahren im Iran. »Aber im Iran zählten wir als Afghanen, da meine Eltern, als sie zwei, drei Jahre alt waren, mit ihren Eltern nach Iran geflohen sind, weil in Afghanistan Krieg war.« Reyhane und ihre Geschwister waren noch nie in Afghanistan. Trotzdem wurden ihnen »als Afghanen« zahlreiche Rechte vorenthalten. Sie bekamen keine Pässe und sie durften nicht zur Schule gehen. Nur der Vater, der Kleidung in andere Länder verkaufte, besaß einen Pass.

Als Reyhane und ihre Schwester ins Schulalter kamen, »hat mein Vater gesagt, ich will nicht, dass meine Kinder das Gleiche erleben wie wir und nicht zur Schule gehen dürfen. Und dann hat er gesagt, wir gehen nach Deutschland, damit meine Kinder Freiheit haben und zur Schule gehen und studieren.« Reyhanes Vater machte sich auf den beschwerlichen Weg. Er hoffte, dass er, einmal in Deutschland angekommen, Pässe für seine Frau und Kinder bekommen würde und sie dann mit dem Flugzeug nachkommen könnten. Es gelang ihm nicht.

Am schwierigsten war das in dem Schwarzen Meer, weil wir mit so einem kleinen Boot gefahren sind.

Also brach die Mutter 2015 mit den drei Kindern auf, das jüngste drei Jahre alt. Sie machten sich auf den Weg nach Teheran, dann flohen sie über die Grenze in die Türkei. Sie durchquerten das Land, um dann mit dem Boot nach Griechenland zu kommen.

»Am schwierigsten war das in dem Meer, in dem Schwarzen Meer, weil wir mit so einem kleinen Boot gefahren sind.« Reyhane und ihre Mutter wussten auch damals schon, dass diese Fahrt oft tödlich endet. »Manchmal gab es zu viele Ausländer und dann mussten die auf so ein Boot, wo man Luft reinmacht. Dann waren 50 Leute da drin und das Boot ist kaputt gegangen. Keiner konnte schwimmen.«

Reyhanes Familie hat die Überfahrt überlebt. Danach waren sie noch viele Wochen unterwegs. Oft trug die Mutter die kleine Schwester.

»Wir mussten manchmal zu Fuß weitergehen und es war schon manchmal passiert, dass wir 24 Stunden zu Fuß laufen mussten, ohne Pause, sonst waren alle weg und wir kannten den Weg nicht. Und dann mussten wir viel zu viele Stunden laufen.«

Das alles ist jetzt über vier Jahre her, aber Reyhane kann sich noch gut erinnern. Das Lächeln ist aus ihrem Gesicht verschwunden, wenn sie über die Flucht und das Leben davor erzählt. »Ich habe jeden Tag die Tage gezählt, wann wir endlich da sind. Weil ich hatte meinen Vater drei Jahre lang nicht gesehen. Und meine Mutter musste arbeiten und so, alles, damit sie Geld kriegt und das war viel zu schwer. Und dann habe ich einfach die Tage gezählt. Ich weiß jetzt auch nicht, warum.«

Hier gibt es das nicht. Zum Glück.

Wenn Reyhane heute an den Iran denkt, dann denkt sie an ihre Oma und an ihre Tanten und Onkel, die sie vermisst. Sie würde sie gerne wiedersehen. Was sie nicht vermisst, ist die Gesellschaft, die sie wie einen Menschen zweiter Klasse behandelte und die ihr vorschrieb, wie sie zu leben, was sie zu tun und wie sie auszusehen hatte. Reyhane streicht ihre Haare unter das locker um Kopf und Schultern fließende Tuch.

»Ich mag es hier, weil es mehr Freiheit gibt. Man muss nicht das sagen, was dir andere Leute sagen. Du darfst sagen, was du willst. Und wir dürfen zur Schule gehen. Keiner fragt mich hier, warum gehst du zur Schule?« Und plötzlich ist das Lachen wieder in ihrem Gesicht.

Ein Rezept aus Afghanistan

»Bei mir ist das so, dass wir ungefähr um 17 Uhr zu Hause zusammen essen und danach haben wir kein Abendessen, weil meine Schwestern und ich kommen spät von der Schule.«

Bolani

sind leckere Teigtaschen aus Afghanistan. Man kann sie sehr einfach machen:

Für den Teig braucht man Hefe, Salz, Mehl und Wasser. Und ein bisschen Öl. Das mischt man alles zusammen. Der Teig, wenn er fertig ist, muss eine Stunde weggestellt werden.

Dann kocht man Kartoffeln. Wenn sie fertig sind, stampft man sie und dazu kommen Frühlingszwiebeln. Man kann auch noch Zucchini oder Auberginen nehmen. Alles wird gemischt.

Man rollt den Teig aus in große, runde Kreise. Dann macht man auf die eine Hälfte die Mischung mit Kartoffeln und Frühlingszwiebeln. Dann wird die andere Hälfte darübergeklappt. Man drückt sie fest mit der Gabel. Dann ist die Teigtasche zu.

Zum Schluss macht man Öl heiß in der Pfanne und brät die Teigtaschen von beiden Seiten. Und dann kann man sie auch schon essen.

REYHANE, 15

hat bereits einen langen Weg hinter sich. Als Kind afghanischer Eltern durfte sie im Iran nicht zur Schule gehen. Deswegen machte sich ihre Familie auf den Weg nach Deutschland. Heute lernt sie begeistert Mathematik und würde später gern Ärztin werden.

KATHRIN KÖLLER, AUTORIN

schreibt viele Reportagen über Theater-, Tanz- und Literaturprojekte, in denen sich Jugendliche engagieren. Sie ist Autorin und Übersetzerin, war Stipendiatin der Akademie für Kindermedien und mit ihrem ersten Theaterstück für den Berliner Kindertheaterpreis 2019 nominiert.

www.kathrinkoeller.com

ANUSCH THIELBEER, ILLUSTRATORIN

lebt hautnah mit drei liebenswerten jungen Menschen zusammen, die vor der großen und oft schmerzhaften Aufgabe stehen: sich selbst zu finden. Sie zeichnet, so lange sie sich erinnern kann – am allerliebsten Gesichter. Anusch Thielbeer ist Illustratorin & Grafikerin, ihre Werke wurden mehrfach ausgezeichnet.

www.anusch-thielbeer.de

DANKSAGUNG

Klar, dass dieses Buch nicht einsam und allein in zwei stillen Kämmerlein entstanden ist. Wir hätten die Rebellinnen und all ihre Erkenntnisse und Lebensweisheiten gar nicht entdeckt, hätten uns nicht ganz viele Menschen geholfen. Einfach so, weil sie die Idee begeistert hat, dass junge Frauen von heute eigentlich die besten Vorbilder für andere sein können. Unterstützt haben uns verschiedene Lehrer*innen, die uns Vertrauen geschenkt und den Kontakt zu ihren Schülerinnen vermittelt haben, ganz besonders Kathrin Hannusch. Außerdem gilt unser Dank Claudia Kühn, die uns den Kontakt zu ihren Nachwuchs-Autorinnen vermittelt hat und unserer Lektorin Natalie Tornai, ohne die wir Reyhane und ihre Familie nicht kennengelernt hätten. Wir sind ihr und den vielen anderen Menschen, die uns während dieses Projektes unterstützt haben, sehr dankbar. Wir danken dem Gabriel Verlag und ganz besonders Kathrin Rau, die von Anfang an an dieses Buch geglaubt hat.

Unser allergrößter Dank aber geht an die 13 Rebellinnen von heute, die den Mut hatten, uns von sich, ihren Gedanken, Sorgen und manchmal auch ganz schön großen Herausforderungen zu erzählen. Unser Leben habt ihr bereits verändert. Vieles von dem Gesagten hat uns nachhaltig beeindruckt. Wir verneigen uns, versuchen, von euch allen zu lernen und wünschen euch, dass nichts und niemand euch von euren Wegen abbringt. Ihr seid wunderbar und ihr macht uns Mut!

Kathrin Köller & Anusch Thielbeer

Köller, Kathrin
Thielbeer, Anusch
Stark – Rebellinnen von heute
ISBN 978 3 522 30553 2

Layout und Gesamtgestaltung: Anusch Thielbeer, Berlin
Lektorat: Natalie Tornai, Berlin
Innentypografie: Swabianmedia, Eva Mokhlis, Stuttgart
Reproduktion: DIGIZWO Kessler + Kienzle GbR, Stuttgart
Druck und Bindung: Livonia Print, Riga

SCHONUNGSLOS EHRLICH, DABEI HUMORVOLL UND ERFRISCHEND DIREKT

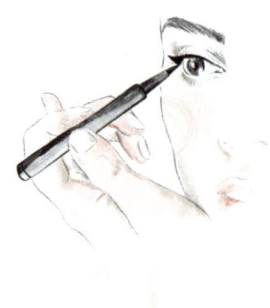

Amina Bile, Sofia Nesrine Srour, Nancy Herz
Schamlos
168 Seiten · Gebunden · ISBN 978-3-522-30521-1

Drei junge Frauen – Muslimas, Bloggerinnen, Feministinnen – beziehen Position: Wie fühlt es sich an, ständig zwischen den Erwartungen ihrer Familien, ihrer kulturellen Identität und ihrem Selbstverständnis, als Jugendliche in einem westlichen Land zu leben, hin- und hergerissen zu sein? Sie haben Diskussionen angeregt, Tabu-Themen öffentlich gemacht und zahlreiche sehr persönliche Geschichten gesammelt. Dabei ist ein bemerkenswertes Buch entstanden, ein mutiges Buch.

GABRIEL
Was wirklich zählt!

www.gabriel-verlag.de

Jede Menge Frauenpower

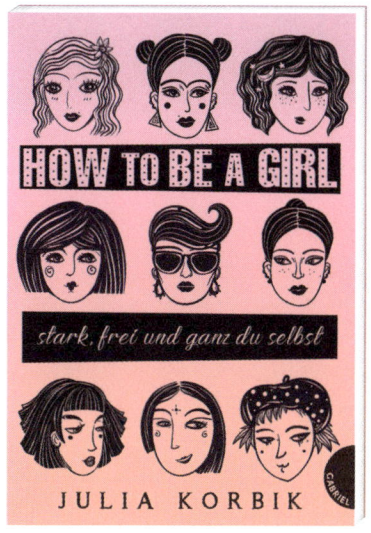

Julia Korbik

How to be a girl
stark, frei und ganz du selbst

160 Seiten · Broschur · ISBN 978-3-522-30509-9

Hast du dich schon mal gewundert, warum es Regeln gibt, die scheinbar nur für Mädchen gelten? Willst du gerne mehr über Bodyshaming, Selfcare und Gleichberechtigung erfahren? Findest du Mädchen und Frauen, die ihr eigenes Ding durchziehen, spannend? Dann bist du hier genau richtig!

Mit Kurzporträts von historischen und aktuellen Vorbildern, Checklisten und Anleitungen (Wie erkenne ich alltäglichen Sexismus? Wie kann ich dem Konsum-Wahnsinn entkommen?) und Einblicken in die Welt der Jungen.

GABRIEL
Was wirklich zählt!

www.gabriel-verlag.de